东西六短篇

東西六短篇

东西 著

海豚出版社

图书在版编目（CIP）数据

东西六短篇 / 东西著. —北京：海豚出版社，2016.6（2024.4重印）
（短篇经典文库）
ISBN 978-7-5110-3295-9

Ⅰ.①东… Ⅱ.①东… Ⅲ.①短篇小说－小说集－中国－
当代 Ⅳ.①I247.7

中国版本图书馆CIP数据核字（2016）第103937号

总发行人：王　磊
策　　划：林建法
责任编辑：朱敬利
美术编辑：杨小洲　闫　鸽
责任印制：蔡　丽

出　　版：海豚出版社
地　　址：北京市西城区百万庄大街24号
邮　　编：100037
电　　话：010-68325006（销售）　010-68996147（总编室）
印　　刷：涿州市荣升新创印刷有限公司
经　　销：全国新华书店及各大网络书店
开　　本：32开（787毫米×1092毫米）
印　　张：5.25
字　　数：64千
版　　次：2016年12月第1版，2024年4月第3次印刷
标准书号：ISBN 978-7-5110-3305-9
定　　价：52.00元

目　录

双份老赵

老赵其实不老，"老"只是一个亲切的称呼，相当于"阿"。他长着20多岁的头发，30多岁的皮肤，却具备了100岁的智慧。自打识字那天起，他的脸上就出现了思考的表情。这种表情一直保持到现在，如果不小心辨认，还以为来自他父母的基因，但实际上却是他勤于皱眉头的结果。

七年前，小夏亭亭玉立，说漂亮有漂亮，说气质有气质，是某家银行的职员。尽管追求她的男子排了长长一列，却没一个被她相中，原因是他们要么长得太白，要么显得幼稚，无法给她一种落地的感觉。直到老赵这张思考型的脸庞出现在窗前，她的心里才"咯噔、咯噔"。开始，老赵也不是来给她"咯噔"的，而是来存款、取钱。因为经常来，彼此由点头到交谈，渐渐地就混熟了。熟到差不多的时候，小夏劝老赵把钱全部存入本行。老赵说："不能把所有的鸡蛋都放一个筐里，万一没拿稳，那就只剩下我这个蛋了，穷光蛋的蛋。"

这是排名数一数二的银行，哪怕所有的银行都倒闭了，也轮不到它倒闭。更何况老赵的那点钱就像沧海一粟，无论存进去或者取出来都不影响银行的总量。小夏觉得他多虑，甚至认为他不信任自己。老赵说："我可以信任一个人，但不可以信任一个集团。"而小夏偏偏把银行当亲爹，并用它来检验老赵的忠诚度。老赵问："难道喝一口茶，连杯也要一起吞下去吗？"

小夏说："单位就像我的衣裳，你不会只爱我的身体吧？"

老赵于是又存了一笔定期。小夏问他是不是把全部都存进来了。老赵气得直打喷嚏，忍不住给她上课："就像一个人不能只有一个信仰，否则，委屈的时候你都找不到安慰的理由。一家人不会同时上一条贼船，也不会同时坐一架飞机。为什么那么多人要找干爹？民间说法是保自己长命，而真正的原因却是多个干爹多条后路。"小夏被这剂猛药呛得连声咳嗽。她终于落地了，心像踩在水泥地板上那么踏实。不过结婚之前，她还得考验考验老赵。

小夏打开地图，指着最远的地方——麦哲伦海峡，说："怎么样？"老赵说："只要你开心，下个月就去。"小夏感动了，手指在地图上跳舞，舞着舞着，就舞到了夏威夷群岛。她说："我心疼钱，还是选近一点儿的地方吧。"老赵一拍桌子，整个太平洋都倾斜了。他说："看不起人是不是？知道吗，你花谁的钱，谁就是交桃花运。"小夏的手指立即从夏威夷起飞，这回跳的是芭蕾。手指优雅地划过高山，越过海洋，像两只白天鹅落在桂林的山头。"就这儿吧。"小夏说。老赵被小夏变化的速度搞晕了。他用一秒钟倒了倒时差，说："对我的钱包，请你务必做到浪费光荣、节约可耻。"小夏笑了："浪费你的，那不就等于透支我的未来吗？"

最后，他们选择了西部的一座山峰。那是个热门的景点，好多名人和有名字的人都去爬它。有位著名的董事长，每个季度都带着一群记者去爬，每爬一次，公司的股票就连续涨停三天。老赵和小夏也想让他们的感情股涨一涨，于是都跟单位请了假。登机之前，老赵为每人买了两份保险。小夏看在眼里，喜在心尖尖。她一坐上飞机，就把脸靠住老赵的肩膀，死心塌地做他的零件。渐渐地，靠的和被靠的部位都有些麻，但是，谁都舍不得动一动。他们只用一个姿势就完成了一千多公里的飞行。

到了山下旅馆，小夏惊呼："糟糕，我只预订了一间房。"老赵说："难道还需要第二间吗？""当然，我是有原则的。"说这话时，小夏把嘴认真地噘起来，不像是反话正说。老赵问总台还有没有多余的房。服务员说："房间都必须在十天前预订。"老赵双手一摊，耸了耸肩膀，恳请服务员为他在走廊上加张床。服务员说："不可以在走廊上加，但可以加在房间里。"老赵像领到结婚证那么高兴，扭过头来征求小夏的意见。小夏说："我一紧张就会失眠，一失眠就没力气爬山。"老赵说："出来就是想放松，你先别紧张，千万千万别紧张……"

晚饭后，老赵跟着小夏进了房间。他们一个坐在椅子上，一个坐在床头，面对面地聊了起来。老赵越聊越来劲，不仅语速加快，而且满脸通红，仿佛雄鸡高唱，仿佛要这么一直唱到天亮。但是，小夏却聊得很不专心，她在为老赵今晚睡什么地方而不停地开小差。老赵说："既然当时你只订一间房，那就说明你早已默认同吃同住这一事实。"小夏摇头，两手紧紧地抱住自己的双肩，忽地就缩小了，小得像只蚂蚁，让老赵和她的距离顿时变得遥远。老赵问："难道你真不希望我住在这里？"小夏的头立刻变大，它毫不含糊地点了一下。老赵又问："你确定？"小夏连连点头。凡事都问两遍，这是老赵多年养成的习惯。他说了一声"晚安"，便抬屁股，拉行李。小夏问他去哪儿。他说："睡觉。"小夏说："不是没房了吗？"老赵说："我就怕你在关键的时候讲原则，所以出发前也预订了一间。"小夏惊讶得眼珠子都快掉了。她佩服老赵，甚至崇拜。

爬山的时候，每人只带一瓶矿泉水。由于小夏没经验，每次饮水量明显偏多。还没爬到山的五分之一，她就把一瓶水全部喝干。老赵告诉她，凡是有爬山经验的人，只用水来润润喉咙，绝不能牛饮。小夏责怪他为什么不早说。老赵从包里掏出另一瓶："因为我早有准备。"爬到一处陡坡，小夏的手被带刺的灌木划破，裂开的口子渗出血来。老赵赶紧从包里掏出创可贴，封堵她的伤口。小夏说："你想得真周到。"老赵说："必须的。"

一路上老赵连扶带拉，总算把小夏带到了半山。到了这个高度，他们的视线就开阔了，野心也开始膨胀。看着周围被比下去的山峰，小夏一高兴，嚷着要爬到山顶。坡越来越陡，脚下打滑的次数越来越多。有时，他们的一只脚上去了，另一只脚却滑下去老远，仿佛要分裂身体，闹"腿独"。这样劈叉多了，小夏的裤裆便"吱"的一声裂开。"还名牌呢，这么不经劈。"她发着牢骚，赶紧蹲下，一步也不敢移动。尽管小夏已多次领教老赵的细心与周到，但这一次她是再也不敢奢望了。万万没想到，老赵竟然从背包里掏出了针线。小夏一边缝着裤裆，一边想还有比他更可靠的男人吗？没有，绝对没有。

当晚，小夏就叫老赵退掉另一间房。他们终于合并了。高兴的事大都相同，这里只说一件不高兴的。临回程的前一天，他俩到商店购物。老赵花了五千元为小夏买了一只玉镯。小夏当场把玉镯戴到手腕子上，频频摇晃，似乎要从上面摇出一首歌来。但是，没等小夏高兴完毕，老赵就偷偷地折回去，又买了一只和她手腕子上相似的镯子，连价格都一样。小夏想多买的这只肯定不是送给他亲人的，否则他不会偷偷摸摸。那么，只能说他还有见不得光的女友？小夏压住心中的不快，计划在回去半月之后再审他。半个月的时间，他要是真有"见光死"，就会把镯子送出去了。到那时……哼，即使他的脑子转得比计算机还快，恐怕也很难狡辩吧。

　　旅游归来，老赵每三天就跟小夏提一次结婚，就像一只准时的闹钟。他一共闹了五次，小夏便说："坦白从宽，抗拒从严。你能不能先交代那只镯子，然后，再来跟我谈婚姻？"老赵的脸红得比闪电还快，仿佛偷东西被人当场拿下。小夏真以为自己抓住了窃贼，心有余悸地说："差一颗米我就嫁给你了，好险！"老赵额头上的汗"噌噌噌"地往外冒。小夏像猫看老鼠那样看着他，问："是不是送给前女友了？"老赵抹了一把额头汗，支支吾吾地说："从头到脚，我就这么一点儿秘密，你……能不能给我留住？"小夏说："要么爱秘密，要么爱我，A或者B，你只能二选一。"

老赵只好从柜子里拿出那只玉镯。小夏说："天哪，你怎么还没送出去？速度也太慢了吧。"老赵说："为什么一定要送人？"小夏说："难道就为了锁在柜子里？"老赵说："我是怕你的那只丢了，或者碎了，才又买了这只。如果你高兴，一只手戴一个，两只手可以同时漂亮。"小夏的脊背轻轻一颤，那是被感动的信号，但她仍然强迫自己保持足够的警惕，说："你骗人。"老赵把柜门敞开。小夏看见柜子里摆满物品，有小时候用过的布娃娃，有中学、大学的毕业证，有奖状、邮票、相册、移动硬盘、钥匙、存折、保险单、速效救心丸、相机和手表等等。凡柜子里的统统双份，只有手表是单身，因为另一只正戴在老赵的腕子上。小夏顿时结巴。她说："原、原来你喜、喜、喜欢收、收藏。"老赵摇头，说："多年来，我像保护内裤一样保护这个秘密，没想到还是被你撬开了。我担心这些东西丢失，就多备了一份，这样心里巨踏实。"

还用得着考验吗？小夏心里现在是踏实的双倍。冬天，他们把婚结了。由于老赵还保持着买双份的习惯，所以他们经常要像资本家那样，把多余的牛奶或者豆浆倒掉。小夏看着白花花的液体，仿佛看到了奶牛和挤奶姑娘，甚至还想到了弯腰种豆的农民，心里实在不忍，于是就咬牙喝下去。天天这么喝双份，吃双份，她不仅口腔上火，还感到胃胀。一次，她稍微把嘴巴开大了一点儿，胃就撑得像个气囊。她站也不舒服坐也不舒服，胃是越来越痛。老赵不得不把她送去急诊。吃了药，打了针，她的胃才慢慢愉快。胃一愉快，她就拍老赵的头，说："你想让我胃下垂呀？我是来跟你生活的，什么叫生活？不光是吃吃喝喝，还包括精神内容。我又没两个胃，你干吗天天买双份？你要是再这么买下去，我就不让你上床。"

老赵响亮地答应，果断地执行。但习惯毕竟是习惯，它经常让老赵情不自禁。有时回到楼下，老赵才发现自己犯错。于是，他把多买的那份菜呀肉呀什么的顺手送人，也不管认不认识，人家愿不愿意，反正他见谁送谁。因为送得不合情合理，再加上他的动作有点儿神秘，人家还以为他想用小恩小惠勾引正经女子。一天傍晚，四下无人，老赵提着一堆菜站在凛冽的寒风中不敢上楼。忽然，他看见一女的从楼门走出来倒垃圾，便把多买的那份菜不分青红皂白地塞过去。那人问："什、什么意思？"他说："帮帮忙，别让我老婆知道。"那人一跺脚，说："我就是你老婆。"老赵这时才看清，原来真是小夏，吓得手里的菜全撒在地上。

小夏跳脚拍墙，震怒。她没收了老赵的工资本，取消了他的购物权。老赵一下就消极起来，连幽默都存了定期。他衣来伸手，饭来张口，家务基本不做，每天就懂得感叹："还能有什么作为？"小夏说："你可以跑步。"老赵说："反正又跑不过刘翔，跑步干吗？"晚饭后，他躺在沙发上看电视。一个姿势，十个夜晚，皮沙发上留下了他臀部和肘部的凹坑。小夏说："你还想不想当爸？"他说："想呀，想得一听到有人叫爸我都答应。"小夏说："那还不赶快起来培育种子？"老赵一激灵，从沙发上弹起来，发现还有一件人生大事没完成，当晚就跑了两公里。一连跑了几天，老赵觉得不能光有良好的种子，还必须具备优质的土壤。于是，他把小夏拉出来一起跑。除了跑步，他们还打羽毛球，做俯卧撑，引体向上，冬泳，爬山，骑自行车，好像不是在为造人做准备，而是要参加奥运会的全能比赛。

他们选好孩子未来的星座，掐准孩子将来入学的时间，然后倒推八个月，用发射火箭那样的精准态度，锁定一个夜晚。他们就要播种了！但是，当双方的情绪都高涨难耐的时候，老赵忽然罢工，从床上坐起来。小夏说："是不是要我付小费？"老赵说："我不能只有一个孩子。"小夏说："计划生育，只准一胎。"老赵说："再准备准备，也许你能怀上双的。"小夏说："为什么非得双的？"老赵说："因为一个孩子太孤单，因为我不敢保证孩子将来不患绝症、不被误诊、不出车祸、不遇自然灾害、不被误伤、不被误判、不被强拆……所以，我需要双的。"小夏听得脊背发凉，紧紧搂住老赵，说："老公，我同意怀双胞胎，但今晚你必须把该做的事做完。"老赵戴上一个套子，想想，又戴上一个。小夏说："有必要同时穿两双袜子吗？"老赵说："谁敢保证戴一个不漏油？万一碰上次品，你就没怀上两个的机会了。"

除了继续锻炼身体，小夏还定时服用药片。资料表明，那些药片能促进排卵、增加激素，极可能为老赵同时提供两个靶标。但是，人不胜天。一年后，他们的孩子出生，不是双的，而是一个非常漂亮的女孩儿。老赵和小夏爱得不行，即使孩子睡觉也舍不得放到床上，而是轮流抱在怀里。从此，老赵不再买双份，而是尽量想法子把一块钱掰成两块钱来花。孩子犹如灵丹妙药，一下就把老赵的习惯治好了。

就像房价似的，孩子一天一长，天天长月月长，到她三岁的时候，原先可以买一套房的钱只能买一个客厅了。小夏指着孩子问老赵："你打算给她留点什么？"老赵满脸迷惘，说："还没到留遗嘱的时候吧？"小夏说："我是说房子，你能不能给她留一套房子？"老赵说："我想买房，但钱不答应。"小夏摊开手掌伸过来，像是乞讨。老赵的身子往后一闪，说："我真的没钱了。"小夏说："不是还有一本存折吗？我在柜里看见过的。"老赵说："你怎么不按常理出牌？我现在已经不买双份了，按理你应该把工资本还我才是。"小夏说："房价飞涨，我们再不整合资金，将来连一间厕所都买不起。"老赵像性饥渴的男女那样不经劝，一眨眼就从手包里掏出存折。小夏把两个人的四本存折打了合计，然后递给老赵，说："选套房吧，不够部分到我们行去按揭。"老赵屁颠屁颠地选了一套现房，立即请人装修。他把新房的甲醛一放干净，就拿到了一张出租合同。合同上的收入正好填了按揭的窟窿。他们现在有收入，未来有投资，生活惬意，举止优雅，谁都不说粗口话，更不会骂房价上涨。

　　一天，小夏在打扫房间的时候，发现老赵柜子里的物品全都变单了，连那只玉镯也不见了。小夏问老赵："难道它们有脚，自个儿出门旅游去了？"老赵说："为了买房，值钱的都卖了，不值钱的都丢了。"小夏将信将疑，趁老赵不在家翻箱倒柜，寻找那些物品。越是找不到，她就越好奇越不服气，甚至连当侦探的念头都产生了。她把家里的抽屉全都拉出来，倒扣，发现一串崭新的钥匙被透明胶粘贴在底板背部。为什么要把钥匙藏在这里？显然是不想让我知道。为什么不想让我知道？肯定是有秘密。小夏一把扯下钥匙，反复地看了一会儿，转身冲出门去。

自从新房开始装修，小夏就没来过。她既是避甲醛，也是避噪音，更是因为照顾孩子没得空闲。现在，她急火攻心地来了，钥匙还没插进锁孔，魂已钻进房间。或许是着急的缘故，第一下，她手里的钥匙没把门扭开。她扭第二下，锁头不动。她真不希望锁头转动！但是，第三下，就在她准备高兴的时刻，门却"哒"的一声敞开。客厅里，所有的家具包括摆设都和她家里的一模一样，连窗帘、地板的颜色和款式都与那边的相同。不小心，她还以为自己碰上了那个家。她踮起脚后跟，轻轻地走进来。鞋柜一样，冰箱一样，橱柜一样，就连抽屉里装的东西也没多大区别。次卧一样。书房一样。小夏打开书房里的柜子，看见从那边消失的布娃娃、毕业证、奖状、邮票、相册、移动硬盘、钥匙、保险单、速效救心丸、相机和手表等等全都摆在这边。原来，老赵偷偷摸摸地把家给复制了。主卧的门关着。小夏来到门前，叮叮当当地选择钥匙。门忽地开了。小夏惊得一倒退，发现开门的竟是自己。天哪，她长得就像是我的亲妹妹！她们相互打量，仿佛在照镜子。照着照着，她们的目光都分别落在了对方的左手腕子上。

2010年10月28日

蹲下时看到了什么

只要张五蹲到猪圈上，收音机里准会"嘀"的一声。"刚才最后一响，是北京时间6点整。"他每天早上的排泄准确得就像闹钟，误差不过几秒。这时天刚麻亮，很少有人起床，他尽可以放心地裸露。猪圈上没有遮挡，空气清新鸟声悦耳，微风送来泥香。这是他一天中最放松的时刻，也是他最美妙的十分钟。每次他都会闭着眼睛享受。但是今天有些意外，他刚一闭眼就听到了脚步声。跳下猪圈已来不及，更别说提裤子了，他只好硬着头皮迎接。脚步声从屋角扑来，紧接着他就看见了侄女张鲜花。鲜花本能地想刹住速度转身，但既然都已经看见了，再转身似无必要，况且她还要急着到乡里赶早班车。鲜花没有选择，只好打声招呼：
"满叔，你拉呀？"张五也没有选择，说：
"嗯，鲜花你赶街呀？"

尽管张鲜花差不多走到了八腊乡，但张五还蹲在猪圈上。他不甘心，试图要把被打断的美妙找回来，因为这关系到整天的心情。如果一天没有一个好的开始，那他就会郁闷，会一直郁闷到第二天早上重新蹲上猪圈之前。所以，他不停地变换姿势，放松肌肉，但始终无法复制那种美妙。他的美妙被惊吓，就像挨打的孩子远远地跑开，一时半会儿找不回来。终于，腿脚麻木了，仿佛爬上千万只蚂蚁，天也大亮，他不得不从猪圈上跳下。

果然，这天他跟老婆吵了一架。吵架的原因是他在收玉米的时候不停地闪躲，一闪就半小时。老婆经过多次深呼吸之后忍不住开骂，说他不好好干活就懂得偷懒。张五不服，说自己是去蹲坑。老婆不信，说又不拉肚子，半天不到怎么就蹲了四回？张五支支吾吾。老婆提高嗓门，说偷懒就偷懒了还不肯承认。老婆喋喋不休地骂着。张五腹部一急，丢下背篓又跑。老婆悄悄跟踪，看见张五蹲在地头的一棵玉米下，半天都无动静。她说偷懒就偷懒了，何必脱裤子？张五吓得原地跳起。老婆指着没有污染的地面，问他怎么解释。张五说奇怪了，明明有拉的欲望却没拉的实力，我的节奏全被张鲜花打乱了。老婆说明明没有拉的实力却还要装拉，这不是偷懒又是什么？真是拉屎不来怪地硬。

张五早蹲的习惯坚持了30多年，直到今天才被人撞上一次，他认为此事纯属巧合。既是巧合就不必惊慌，酒照喝、牌照打、活路照干、猪圈照蹲。但他没想到一周之后又被刘白条撞上了。刘白条是他的牌友，原名刘青岗，因打牌时经常输钱，输钱之后又无力支付就给人打白条，于是有了这个外号。刘白条看见张五蹲在猪圈上，两眼像摸到好牌那样顿时贼亮。张五低头故意不吭声，希望他快点滚蛋。但他不仅不滚，反而靠近一步，浮夸地"呀"了一声，说张五你的屌屌怎么不见了？张五说你这个卵仔平时总挺到太阳晒屁股了才起床，今天发什么癫起这么早？刘白条说要不是为了去借钱，老子会起这么早吗？张五说借钱就赶紧走人，晚了别人一出门就借不着了。刘白条说不急。张五说不急你也别站在这里看我呀。

刘白条掏出一支烟来，点燃，叼在嘴上，问张五要不要来一支。张五摇头。刘白条抽了一口，说你这么蹲着的时候，要是点上一支烟那就完美啦。张五不说话，也不想跳下来。不想跳下来是因为他不好意思当着刘白条的面擦屁股。刘白条站在那里继续抽烟，根本不把张五的光屁股当回事。张五说你又不是狗为何要守着茅坑？刘白条说要不……你借点钱给我？省得我跑路。张五说老子没钱。刘白条不反驳，站在那里慢条斯理地抽烟。张五实在受不了他放肆的目光，问，借多少？刘白条的眉毛一抬，说就一千，不多。张五说又是借来打牌吧？刘白条说借来还债，债主家里死人了。张五说想借钱你就给我消失。刘白条说我就知道你善良。话音还在，人已拐过了屋角。

为了防止再被人撞面，准确地说是撞屁股，张五用一张半旧的席子围在猪圈上方，对茅坑实行遮挡。这一挡，同时挡住了空气流通，也挡住了他的视线。他试图说服自己适应，还闭上眼睛想象面前一望无际。但席子的味道近在鼻前，每一缕吹来的风都被反射，空气不是原来的味道，风的力道也发生了改变，就连负氧离子、光线的明暗、声音的强弱都陌生了，而那些鸟鸣，也因为压迫感再也没心思聆听。他的身体像一株敏感的植物对环境提出抗议。蹲坑已不是享受而变成单纯的新陈代谢，这生活还算生活吗？席子只围了两天，张五就把它撤了。他迷信一个人不可能连续三次倒霉，既然自己已被人撞了两回，那第三次至少不会马上到来，运气好的话也许是三五年甚至十年之后的事。第三天清晨，当他蹲在猪圈上正这么想着的时候，忽然就听到了女人的哭泣，接着就看见汪冬抹着眼泪从屋角跑过来。由于眼前景象出乎意料，汪冬迟疑了片刻，被追来的王冬一把扭住。两人厮打。王冬抓汪冬的头发，汪冬抓王冬的私处。骂声哭声和疼痛声扭成了麻花。王冬的私处似乎被抓惨了，他勃然大怒，拎住汪冬的头嗵嗵嗵地往墙壁上撞，就像砸西瓜，震得墙上的泥块纷纷坠落。汪冬发出凄厉的叫喊。张五大咳一声，说撞死人不关我的事，但撞垮我的墙壁你得赔。

王冬住手，这时才发现猪圈上还蹲着一个人。他说这骚婆娘天天跟我闹离婚，不撞她几下她还以为自己是明星。汪冬说我都被他骗过来五年了，一次都不让我回娘家，没有比这更冷血的女婿了。王冬说知不知道你回一次娘家要花我多少钱？光来回机票就好几千块，老子又不是贪官，哪有能力让你坐飞机？张五说蠢仔，你就不懂得让她坐火车吗？王冬说火车也不能坐，你不知道她的策划，更不懂她心肠的那个狠，只要她一回去肯定就不会回来，到时我连去找她的路费都没有。张五说谁要是对我这么暴力我也会跑。汪冬啪嗒一声跪下，眼泪汪汪地看着张五，说我嫁过来这么多年，总算有人讲了一句公道话，五哥，哪天我跟这个黑社会上了法庭，你可要给我做证呀。张五说起来，连黑人都能在美国当总统了你还跪什么跪？他要是再敢打你，我就帮你出官司钱。王冬说你引诱她离婚是想娶她吧？张五说放屁，我是凭良心说话。

王冬和张五的争吵惊动了张五的老婆。她从门框里跳出来，说张五，你能不能先拉完再断案？张五说都快出人命了我能不发声吗？她转而面向王冬与汪冬，说没看见人家正在拉吗？有事找法院去，别来找我家茅坑。王冬与汪冬被张五的老婆赶走。但张五再也拉不出来，刚才生气搞乱了他的内分泌。张五的老婆把席子重新挂上猪圈。看着那张迎风招展的席子，张五说我30年都没被人撞上一回，怎么这半月就被人连撞了三次？老婆说因为早起的人越来越多，跑路的人越来越多。

张五还是不愿意被席子圈住。第二天清晨，他钻进了屋后的茶林。茶林长得密实，枝叶连着枝叶，就像一把巨盖。由于阳光常年不能到达树下，地面寸草不生，是理想的拉撒之地。周围除了鸟鸣没有其他动静，也没看见张鲜花家那只恶狗。他放心地用力地呼吸，草木泥土混杂的芬芳直戳肺部，整个人像重新又醒了一次。远处传来6点钟的报时。张五就地蹲下，以为蹲在这么隐蔽的地方会像蹲在自家猪圈上那么顺利，甚至有了"比蹲在自家猪圈上还要美妙"的期待。他的所谓美妙就是能在这十分钟里呼吸新鲜空气，视野不被遮蔽，身心放松没人干扰，思绪漫无边际地飞转。但这个清晨，他的美妙再次被新的环境否决。他的皮肤像涂了胶水那样绷着，器官像请了工休假。由于地势不平，他必须踮起脚后跟。一踮脚后跟，不仅臀部，就连整个肌体包括头发都处于战备状态。虽然耳里充盈鸟声，虽然目光透过树叶缝隙落在了谷底的炊烟上，但他就是美妙不起来。他想到了张鲜花和刘白条，想到了王冬与汪冬，想到了许多相干和不相干的往事，甚至还想到了死去的爹妈以及政府……难道自己坚持30多年的习惯，就这么轻易地被几个屌丝破坏了？难道今后每天早上都要躲到茶林里来，而且风雨无阻？他的脑海里电光石火，天上一脚地下一脚，越想越泛滥，越想越无语，竟然把排泄这事都给忘了，好像脱裤子蹲着仅仅是为了想事。

带着不爽的心情，张五站在自家门口对着屋坎下喊话。他说鲜花，把你家那只黑狗给我拴住喽。鲜花说拴好了，张五才敢从坎上走下去。即便是链子拴着，黑狗仍然冲着他呲牙。鲜花呵斥黑狗，却忘了呵斥黄狗和花狗，它们咆哮着朝张五扑来。幸亏牛奋来得及时，他两脚就把黄、花二狗踹跑。张五惊魂未定地坐下。牛奋给他倒了一杯米酒。

米酒下肚，张五慢慢恢复神气，问鲜花那天早上为什么要从他家门前经过。鲜花说那天起得早是因为要赶去县城办事。张五说我不问你为什么起得早，而是问你为什么要从我家门前经过。你家不是离大路最近吗？鲜花说因为出发前我先到刘白条家收欠款，收到欠款后就拐从你家门前经过。张五说刘白条家不是也可以直通大路吗？虽然他家到大路是弯了一些，但也比你从他家再拐到我家近多了。鲜花说我就走个习惯，谁会把距离算得那么精准？

干坐了一会儿。鲜花说叔你要是没事，我就跟牛奋收玉米去了。张五赶紧跟鲜花商量，能不能把经过村子的路改从她家门前。因为这么一改，从村西到村东的路就变得更直。鲜花说大家都走习惯了，为什么要改？张五说那天早上你不是撞上了吗？再不改你叔的屁股就比脸还要出名了。鲜花说一泡尿的事也犯得着改路？这得闹多大动静？张五说路本来就在，而且你家门前这条比我家门前的还宽阔，谁都愿意走大路抄近道，改改路线死不了人。鲜花说这事你问问牛奋吧。张五征求牛奋的意见。牛奋说我一上门女婿，叔你想怎么改就怎么改。

张五做了一块指示牌立在岔路口，牌上写着："前方不便，请走近道。"文字下一箭头直指鲜花家。途经村庄的人沿着箭头走去，但他们被鲜花家的三只恶狗追得纷纷跳下坎去，跑得慢的连裤脚都被狗撕破。过路的人们只得回头，绕过指示牌，重新走张五家这条线。指示牌虽然还立在岔口，但它已经丧失了指示功能，像个笑话。几天之后，指示牌被人丢到坎下。张五的老婆把指示牌捡回来。张五怪她没信心，说任何改变都需要时间，更何况是一条大家走惯了的老路。老婆骂张五装嫩，说你都30有8了还指望一块牌牌来改变路线？这年头，文件催不来欠款，情书追不到爱情，就连发誓都是假的，你还相信指示牌？张五说最大的障碍是那二只恶狗。老婆说你还是蹲着想吧。张五说这么简单的问题还用蹲着想吗？老婆说因为你没想明白。

张五真的蹲下，脑袋瞬间活跃。鲜花家养狗是从她爷爷开始的。她爷爷养的是两只猎狗，为了让猎狗更加气势汹汹，她爷爷经常用马蜂壳拌饭喂它们。马蜂壳把猎狗搞得心急火燎，它们见鸡就咬见人就扑。从那时起，再也没人敢路过她家门口，途经村子的路慢慢地就从她家门前改到了张五家门前。此路一走几十年，张五家的鸡、鸡蛋、农具和蔬菜经常莫名其妙地消失，屋角的李子刚刚成熟就被人摘光，甚至连水缸里喝水的瓢也被人顺手牵羊。半夜里常有途经的醉鬼借宿，也有饿扁的路人拍门讨饭，弄得张五家像个免费客栈或临时收容所，而鲜花家却落得清净安然。张五说原来这是一个计谋，难怪她家养的狗一代比一代凶。老婆说所以，这条路根本改不动。张五说除非把她家的狗灭了。老婆说你没这么狠的心肠。

每天清晨，张五都蹲到猪圈上的席子

后面，虽然勉强能解决问题，但每次他都有压迫感。席子仿佛是一面墙，似乎要把他吸进去。他的身体好像被捆绑了，连呼吸都不顺畅。一不顺畅，他就恨鲜花的爷爷养狗改路。一恨鲜花的爷爷，他就连鲜花的父亲和鲜花一起恨。一恨，他就更不顺畅。同样都是张姓，凭什么这个张不如那个张聪明？凭什么这个张被那个张耍了还蒙在鼓里？他越想越不服气，越不服气就越堵。越堵就越蹲得不爽。不爽，就给整天带来后遗症。白天他打哈欠，晚上他失眠。一怒之下，他把猪圈上的席子扯了，并警告老婆再也别挂：我就不信我蹲个坑还被席子管着。老婆说我不希望每天早上都有人跟你的屁股打招呼，要么改路，要么改掉臭毛病。张五说这不是毛病，于个人是习惯，于集体是风俗，于国家是原则，于民族是传统，于宫廷那就叫礼仪。老婆说你又不是县太爷，又不是白金汉宫里的，有什么资格保持习惯？张五说我就这么一点点权利了，谁也别想剥夺。两人都找不到解决问题的方法。忽然，老婆一击掌，说你能不能把时间从清晨调到晚上？晚上不仅很少有人经过，而且即使有人经过只要你不吭声也不会被察觉，即使有人察觉也不好意思用电筒照你，即使有人用电筒照你也只会照你的脑袋而不会照你的下身。张五觉得这是一个不错的主意，开始在晚餐时增加饭量。老婆说你活没多干，饭量倒增加不少。张五说你想让我调整时间，又不想让我多吃，哪有这么好的事？

晚十点，村子里安静下来，就连鲜花家的狗也匍匐了。张五因为吃得太多而胃胀，于是蹲上了猪圈。虽然空气没有早上清新，视线也被黑夜限制，但毕竟面前没有遮挡，姿势没变，声波没变，风力没变，因此他能适应。为了这一可行性方案，他不仅用身体奖励了老婆，还在奖励之后兴奋得失眠。大约到了5点钟他才入睡。然而，快6点时生物钟把他叫醒。尽管昨晚已经排空，但他还有蹲坑的强烈愿望，似乎不从床上弹起来就一辈子不能原谅自己。他飞快地起床，像白领上班打卡那样准时蹲上猪圈。一蹲下，他的心立刻就踏实。原来习惯如此强大，哪怕是做做样子也有安神补脑的功效。忽然，他听到了马蹄声。两名挎枪的士兵首先从屋角拐过来，后面跟着一列驮队。马背上驮着奇形怪状的金属外壳。每走过一匹驮马，那些奇形怪状的金属就蹭一次墙角。墙角上的泥块掉得越来越多。再这么蹭下去厢房就要垮塌了，张五忍不住喊小心小心。赶马人小心地护住墙角，但由于拐角处路太窄而金属壳又过于张牙舞爪，墙角又被狠狠地蹭掉几大块。张五感觉厢房摇晃了一下，问赶马人，你们得帮我修复墙壁吧？赶马人指了指身后。张五看见乡书记、乡长和几个军人雄赳赳地拐过来，羞愧得赶紧埋下脑袋。书记说老乡你早。张五说书记早。书记看着伤痕累累的墙角，说你要不要乡里派人来帮你修复？张五说不敢。书记说这墙壁快支撑不住了，你得推倒重建，否则哪天砸伤路人就算本乡的一个事故。张五说好的，问书记马背上驮的是什么。书记说你没看电视吗？昨晚西昌发射了一颗卫星，马驮的都是卫星甩下来的外壳。张五"啊"了一声，说原来是高科技，怪不得这么早。一行人马浩浩荡荡地过去。张五的老婆从门里跑出来，说张五呀张五，你竟敢光着屁股跟领导说话，你把张家祖宗十八代的脸都丢尽了。张五说领导只叫我修厢房，并不反对我蹲坑。

自从强行调整了蹲坑时间，张五一天得蹲两次，早晚各一。晚上是实蹲，清晨是虚蹲。实蹲是为了新陈代谢，虚蹲是为了精神安慰。但很快实蹲不实，它被多年的习惯纠正，虚与实的任务又全都回到了早蹲上。既然不能改习惯，那就下决心改路。张五请示老婆，拟把驮队蹲得摇摇欲坠的厢房推倒，改为砖砌。老婆同意。他们合抱起一根腿粗的木柱，冲着厢房的墙壁喊一二三。柱子嘭地撞击墙壁，溅起一团泥尘。他们又喊了两次一二三，墙壁被柱子连撞两下，哗的一声倒塌，把拐角的路全部堵死。张五把原来那块指示牌又摆到岔路口，牌上的字改为："前方施工，请绕道而行。"这次，张五没有指路，而是让路过者自由选择。鲜花家是一条道，刘白条家也是一条道，如果不怕绕甚至王冬与汪冬家也是一条道。其实世上没有唯一的路，就看你喜欢哪一条。

路人一听到鲜花家的狗叫，自然不敢走这一条。他们经过目测，发现从张五家后面的刘白条家经过并不算绕，也就多了100来米距离，上个小坡，下个矮坎，仅多300步左右。于是，人啊马啊牛啊都在岔路口左转上行。刘白条是懒觉大王，他被早行人的脚步声、说话声和拍门声弄得很不爽。刘白条还喜欢邀人小赌，以前他偶尔能赢，但自从村路改从他家门口之后，他基本上就和赢告别了。路过的脚步声常常吓得他把牌桌上的钱藏进米桶，特别是夜深人静的时候，他会把每个途经的人都当成抓赌的警察。刘白条家的房子在村里倒数第一，窗口没几块完整的玻璃。好奇的路人经常伸头探望，把他家的烂棉胎、破锅头和掉门的衣柜尽收眼底，并且到处流传。途经的牛马踩烂了他家门前没有硬化的土坪，纵横交错的蹄印里集满雨水，牛马的粪便堆叠在蹄印之间，就连他和家人进出都得抬脚找路。每次踩到牛粪，刘白条都气得脖子上的青筋一根根暴凸。

深夜，刘白条打牌又输了。他踩着牛粪气呼呼地来到张五家，质问张五什么时候能把厢房修好。张五说砖头都还没买够，早着呢。刘白条说你真缺德，竟敢把路堵了，就不怕后代长尾巴。张五说我是堵路吗？我是修房子。我要是不修房子，乡领导都不同意。刘白条说你能不能加快点速度？张五说想加快速度就得请人帮忙，请人帮忙就得花钱，要不你把借我的那一千块钱还了？一讲到还钱，刘白条顿时腿软。他说你这条路一堵，就把麻烦全部转移到了我家门口。张五说我家门口不就这么熬过来的吗？凭什么我家门口能够做路，别人家的门口只能做地毯？都几十年了，也该轮到你家了。刘白条讲不过张五，拢着手回去。但走到半路他又轻轻地折回，把鞋底上的牛粪悄悄地刮到张五家的门槛上。

一天上午，张五和老婆正在坡上收玉米。他们看见途经村庄的人纷纷往坡下走，似乎是要绕道王冬与汪冬家。王冬与汪冬家在村庄底部，路人要先在岔路口右拐下行，经过王冬与汪冬家门前之后，再上行回到大路。这一绕至少要多走500米，而且还七弯八拐。路人们一边走一边骂，缺德呀，没良心呀，变态呀，痴呆呀，脑残呀，竟然把路全都堵死了，谁堵路谁就断子绝孙，谁堵路谁就癌症晚期……每一声骂都像烧红的铁块烙在张五的皮上，兹兹地直冒青烟。他听得全身起了鸡皮疙瘩，甚至免疫力下降、喉咙发干，好像连癌症晚期的迹象都有了。他丢下背篓，直奔刘白条家，看见门前架着一根红白相间的木杆，木杆上挂着一块纸牌，纸牌上写着"一人一杆，一杆2元"。张五叫刘白条。刘白条嬉皮笑脸地从屋里出来，说你要过去吗？过去就得交费。张五说你怎么能这样？刘白条说你都能那样我怎么不能这样？张五说我不是修房子吗？你就不能忍几个月？刘白条说你修你的房子，我收我的过路费，不相克。张五说你这么做把全村人的名声都败坏了。刘白条说城里人都这样设卡收费，干部们都这样拦住我们进城，他们的名声败坏了吗？张五说人家设卡收费是为了集资修路。刘白条说那我设卡收费，是为了集资硬化门前土坪。张五说你听没听见路人怎么骂你？刘白条说那是骂我吗？我怎么没听出来。张五说就算是骂我们两个吧。刘白条说不一定，你说村里最直最近的路应该是从谁家门前经过？张五说她家不是养了几条恶狗吗？刘白条说那也是故意挡道，只不过她比我们挡得狡猾。本人认为路最应该从哪家门前经过，哪家就最应该承担骂名。张五觉得此话有理，强烈的愧疚感立刻被稀释。他甩手离开。

每一个途经村庄的人都在骂娘，但谁都不觉得是在骂自己。路人的骂声除了惹起狗叫，没在人的身上发生化学反应。他们即便是骂得再大声再尖刻，即便是骂到指房子跳脚，但骂完之后还得乖乖地绕道而行。久而久之，村里人如果哪天听不到骂声，反而不习惯了。骂娘变成一种仪式，听骂变成一种享受，二者相安无事。但一天早上，当路人们走到离王冬与汪冬家十米远的地方时，发现路不见了。一面密不透风的铝板墙挡在路口，上面印着两行白色宋体："本处市政工程，不便敬请谅解。"有人凑到铝板上想看看那边，可铝板上连一道小缝都没有，那边变得无比神秘。有人踹了一脚铝板，立刻传来王冬的警告："找死呀！"接着传来汪冬的附和："投胎呀！没看见这是形象工程吗？"路人们真的无路可走了。有人提着打狗棍强行通过鲜花家门口，有人施展攀爬本领翻过张五家垮塌的墙头，那些既怕狗又不能翻墙的老者、孕妇和残障人士只得乖乖地向刘白条交费。三条路三种走法，路人各取所需。

邻村的莫光娶老婆，迎亲的队伍来到村头岔路口停住。交钱他们不愿意，爬墙头更不可能。他们商量了一会儿，就朝鲜花家门前走去。由于队伍庞大，唢呐声和锣鼓声过于响亮，鲜花家的狗都沉默了。这支迎亲的队伍用实际行动证明，从鲜花家门前经过是安全的，但必须有够多的人结伴。眼看迎亲的队伍喜气洋洋地就要出村，鲜花家的黑狗忽然蹿出，照着新娘的小腿咬了一口便钻进了茶林。新娘的哭声立即盖过唢呐。新娘的亲人们要回头砸鲜花家的房子，莫光的亲人们则把他们按住，说这一仗迟早得打，但不应该是现在。如果现在开战，婚礼就办不成了，喜气就被冲掉了。拖战派说服立战派，新娘被人背起，队伍继续前行，只是唢呐声里多了一些颤音。

这个傍晚，张五蹲在坎上悄悄观察鲜花。鲜花不但不反省，不但不紧张，反而高调地给黑狗加了一碗米饭和一块腊肉，并在米饭和腊肉上撒满马蜂壳。黑狗吃得满嘴流油，而黄狗和花狗像张五那样蹲着，只有看的份。鲜花指着黄、花二狗，说你们要是能有大黑一半的智商，我就给你们加菜。知道吗？大黑懂政治，它不咬则已，一咬就咬女主角。人黑还懂法律，它晓得转移现场，不在家门口作案。别看它平时不吭声，但谁要是敢藐视它得罪它，它就会暗暗记住，寻找机会报复。对外人它敢叫敢咬，对家人它无限忠诚。这么好的狗，想不表扬都难……此话显然不是说给黄、花二狗，而是故意说给蹲在坎上的人听。张五憋了几天实在憋得伤身，就把这些话转告了老婆，还说见过表扬狗的，但没见过这么肉麻的表扬，简直像拍领导的马屁。张五的老婆把这当笑话，又转告了刘白条的老婆。刘白条的老婆把这当商业信息告诉刘白条。刘白条像打广告那样把这些话大声发布。从此，鲜花家门前再也没人敢走，而刘白条收的过路费却天天看涨。

路人和村民个个恨得咬牙。有人半夜摸到刘白条家门前，想偷走那根拦路杆。他抓住杆子的这头轻轻一拉，竟然拉出刘白条的一串喝问："你是谁？你从哪儿来？你要到哪里去？"每一问都是哲学，吓得偷杆人转身便跑。原来，刘白条为了堵住夜里的过客，他竟然用绳子把拦路杆的那头连到自己手上，通宵坐在门前睡觉。任何人任何时候都别想从他这里免费通行。

张五觉得刘白条过分了。他来到卡前，一脚把拦路杆踹掉。刘白条说你想强行闯卡？那是要罚款的。说着，又把杆子架起来。张五说你收费的理由是什么？刘白条说集资呀，硬化土坪呀。张五说集了多少？硬化土坪的资金够了没？刘白条不语。张五说如果够了，那你就没有再收费的理由了。刘白条说不是还欠你一千块吗？张五说只要你现在撤卡，我那一千块免了，就算免除非洲债务。刘白条说那我欠张鲜花的三千、王冬的两千呢？他们可没你大方。张五说你也欠得太夸张了，牌技那么差还赌？刘白条说即使不欠他们，我也还要收建房费、养老费，没看见我家房子拖了全村的后腿吗？张五说知不知道你这是非法集资？刘白条说弱智，你看没看电视？全国多少收费站早就收回成本了，甚至都收了超出成本十倍百倍的钱了，但现在他们还照收不误。噢，人家不非法就我非法？我收这点算个屁，一人才20毛，就等于在城里上一次五星级厕所。张五说人家收费有批文，你有吗？你想收费，首先得有弄到批文的那个本事。刘白条说我在自家门口收费，就像你在你家侧门蹲坑，也要批文？张五说虽然这里貌似你家门口，但土地是国家的你懂不？刘白条说瞎掰，这是我私人领地，神圣不可侵犯。张五说你以为你是谁呀？都神圣不可侵犯了。人家西方才有私人领地，我们这是东方。刘白条说那你为什么把国家的路给堵了？张五说又来了，我不是要建房子吗？刘白条说屁，你砖头都买齐了，为什么迟迟不动工？张五说我在等砌匠，他们要收完粮食以后才有空。刘白条说你是不想让大家走你家门口吧？张五说这才叫正宗瞎掰。我的房子总得建吧？房子建好了门前总得让人走吧？刘白条说到那时大家都走惯了我家门口，谁还走你家？你就是想拖时间改路，别以为我看不透。张五说正儿八经的事，一到你嘴里就念歪。刘白条说打铁还需自身硬，你自己都不硬，还想来敲打我？真是一枚笑话。张五说你不听劝，弄不好是要坐牢的。刘白条说你想不想让我坐牢？张五说我还没想清楚。刘白条说谁敢让我坐牢我就杀他全家。张五说你不敢。刘白条说你试试。

张五急步出村，要去乡里告刘白条，但走着走着脚步就放缓了。他不是怕刘白条杀人，而是觉得自己的心里不那么能见光。虽然推倒厢房是为了重建，但推墙的时候他确实希望趁机改路。虽然买好砖头不动工是为了等砌匠，但只要肯加钱砌匠还是随处能请。不得不承认，自从那堵墙推倒后，他的早蹲又变成了一种享受。他甚至有心情欣赏屋角李树上的残果，甚至能听出鸟们的嗓门一天比一天大。鸟们的嗓门为什么大呢？因为玉米和稻谷都先后成熟了，它们有足够的补给。他甚至还有心情观察山谷里腾起的团团白雾，茫茫一片，像白云，像魔女的白发。它们时而缠住山头，时而又把山头放开。雾填平了所有的沟壑，就像在村庄面前铺了一层厚厚的望不到头的棉花。谁看谁喜悦，谁看谁有做地主的错觉。这算得上是个美丽的地方。当初王冬就是用风景把汪冬从浙江骗过来的，据说王冬在"美丽"的后面还加了"神奇"。张五笑了一下。他想一个人每天清晨能蹲在猪圈上看这么美的风景，想这么美的事而又不被打扰，应该算得上是一个既得利益者了，一个既得利益者为什么要去告一个欠债大户呢？如果刘白条家里不穷，他会架杆子收费吗？不会。张五自己把自己给说服了，从半路折回。

鲜花家的三条狗被毒死了。鲜花是在早

上打开门的时候才发现的。狗们躺在门前，头朝狗洞，满嘴白沫。悲惨的场面使鲜花失控，她发出一声刺骨的尖叫，像死了亲爹那样当即晕倒。牛奋对嘴呼吸才把她弄醒。醒来后，她请木匠做了三口狗棺材，分别把狗装进去，然后又分别在棺材上盖了一块红布。灵柩一字排开，拦在门前的路中央。鲜花誓言不抓到投毒者决不下葬。她去了一趟莫光家，莫光说他结婚不久，还在蜜月期，傻瓜才惹这种麻烦事。况且鲜花早就赔偿过他老婆的药费和精神损失费，他还有什么理由投毒？莫光一脸真诚，弄得鲜花反而不好意思。会是谁呢？鲜花想得大脑都起了皱纹。

　　清晨6点，鲜花和牛奋爬过张五家墙头，三下两下跳到猪圈边。张五的身体一紧，说没看见我正在蹲吗？鲜花说就是看见你蹲我们才来的。张五说喜欢闻味或是寻早餐？鲜花说想问叔几个问题。张五说有这么急吗？鲜花说怕叔讲假话，所以才挑着时间问。张五说你叔什么时候说个假？鲜花问那你是不是讲过要把我家的狗灭了？张五说你听谁讲的？鲜花说你跟婶娘嘀咕的时候我正好路过你家门口。张五说这话我是讲过，但我没有做。刘白条讲他要杀人，你也信？鲜花问，那你是不是有投毒的动机？张五说动机算个屁，最终还得看动作，而且村里的人、过路的人，这么多人，难道就我一个人有动机？鲜花说王冬与汪冬已经把经过他家的路拦死，他们不会投毒；刘白条已经架杆子收费，我家的狗叫得越凶他收的费就越多，他也不会投毒。张五说排除他们不等于就是你叔。鲜花说你一直想把路改从我家门口经过，当时我们同意了，但狗没同意，所以你就喂它们吃老鼠药。说到此处，鲜花顿了一下，眼泪吧嗒吧嗒的，她为那几只可怜的狗狗伤心地哭了。张五说你叔没这么硬的心肠，否则狗们活不到现在。鲜花抹了一把眼泪，说有人看见你去乡里了。张五说谁规定我不能去乡里了？鲜花说有人讲你去乡里是为了买"毒鼠强"。张五说放狗屁，人家只跟你讲我往乡里走，却没跟你讲我半路杀了回马枪。鲜花说原来你在半路买的"毒鼠强"？张五说我看你是"毒鼠强"吃多了。鲜花说那你为什么杀回马枪，难道是去散步吗？张五说我想去告刘白条乱收费，但走到半路气就消了。鲜花休息一会儿，问真不是你毒死的？张五说你去问问，看有谁在蹲坑的时候还有心情说假话？鲜花说叔，不管怎么讲，我家的狗被毒死，根源还是在你这个地方。张五说你这是突击审问、非法逼供、双规，还有完没完？鲜花说如果你不推墙拦路，刘白条就不会架杆收费，刘白条不架杆收费，王冬与汪冬就不会搞什么豆腐渣工程。都是你逼出来的。如果大家还有一条路可走，谁会狗急跳墙到下毒？张五说能不能反过来讲，如果你爷爷不养猎狗，不喂它们吃马蜂壳，那这条路是不是在你家门前？你不能光讲现实，也得讲点历史。鲜花说都几十年了，你家门前这条路也算得上历史悠久了。张五说你家那条路更古老，都有上百年的历史了。鲜花说报纸上不是讲不走老路吗？张五说还讲了不走斜路。知道什么叫斜路吗？就是不直的路，而你们家门前那条最直，最不斜。忽然，牛奋插话，说叔你弄错了，不是倾斜的斜，而是邪恶的邪。张五说一个音，意思差不多，各人根据各人的需要引用。鲜花说争来争去的，也不是个办法，叔，你看这样行不行？你把你家这堆废墙搬走，我把我家的狗狗埋了，让大家自由选择，爱走哪条走哪条。张五说若要讲公平，除非今后你家不再养狗。鲜花说先这么定吧。叔你要是同意我们就走，你要是不同意，我们就看到你同意为止。张五说简直是趁火打劫。鲜花说那你到底同不同意？张五说再不同意我都快憋死了。

鲜花把三只狗埋进菜园。她家门前的路算是畅通了。但张五和他老婆一共才两个劳力，搬运废墙的速度就像蜗牛爬行。鲜花跟村民们打了一声招呼，除了刘白条家，家家户户都派出人力来帮张五搬运，甚至外村的人也纷纷加入。半天工夫，张五家厢房的旧墙就全部清理完毕。鲜花说叔，这就像投票，来帮忙的人越多就说明想走你家这条路的人越多。他们都是你的"粉丝"，代表民意。张五说讲好了，你不能养狗。收工后，鲜花把那块"前方施工，请绕道而行"的牌子拿掉。路人们又开始走回张五家这条路。十天过去了，一个月过去了，张五家门前的人流量同比上升百分之五，相当于当月的物价上涨指数。而鲜花家那条路始终无人问津，尽管她家已经不养狗了。张五蹲在猪圈上想：什么叫习惯？这就是。人们习惯走老路，而我习惯蹾蹲。正这么想着，他忽然听到从自家门前传来一串噗噗的脚步……

2012年11月17日

请勿谈论庄天海

孟泥噘着嘴走进来，问："小尚，我们是怎么认识的？"王小尚拍拍她的小脸，说："你不会连这都忘了吧？"

"那别人为什么说我俩是庄天海介绍的？"

"庄天海是谁？"

"谁知道他是谁呀？我还以为你们认识。"

"不认识。我俩不是一见钟情吗？关别人什么屁事？"

"可大家都在说，没有他我就不会认识你，你也不会喜欢我，我们就不会恋爱，不会幸福。"

"这泡泡也吹得太大了吧。"

"所以，我觉得奇怪。我们是怎么认识的我们还不清楚吗？"

"是不是他们认错人了？"

"不可能。他们说得有板有眼，连眉头都没皱一下，每个字都是牙齿咬过之后才蹦出来的。"

"那就让他们嚼呗。我就不信他们能改变事实。"

说完，小尚把孟泥揽入怀里。被亲热的孟泥忽然骂了一声"我抽"。小尚问："骂谁呢？"

孟泥咬牙切齿地："骂那个吹牛不要脸的庄天海。"

第二天傍晚，当孟泥推开小尚的房门时，她瞬间石化。屋里除了一张光溜溜的床架，能搬的全都搬走了。连"喂"都没"喂"一声，他竟然就搬走了？孟泥仿佛灵魂被盗，痴呆了好几百秒。她掏出手机来，按王小尚的名字。手机响起"该用户并不存在"。她不相信，反复地按"王小尚"，声音反复地回荡，一次比一次虚幻。

房东进来，说："妹子，他说有一把钥匙在你手上。"

"哦，"孟泥回过神，"你知道他的去向吗？"

"不晓得。他没告诉你吗？下午来了一辆厢车和四个人，三下五除二就把房间腾空了。"

"我抽。"她骂了一声，把钥匙交给房东。

"别为这种男人伤心，不值得。"

"为什么要伤心？有这个必要吗？你看看他的鼻子眼睛，哪一个器官配得上我？再查查他的银行卡，连房子的首付都不够。才华算个屁呀。要不是中了言情片的毒，我早劈腿了。你不知道吧，他晚上睡觉磨牙，好烦人的……"

"那就好。"房东打断她，掂了掂钥匙，暗示要锁门了。她转身走出去，用整个脑袋来回忆王小尚的坏。但是回忆回忆，她忽然回忆起自己对他的好，硬着的鼻子一酸，眼泪忍不住流了出来。

分手不是孟泥的最痛，最痛是她不明白为什么分手。她想问个明白，放下身段到单位去找王小尚。单位负责人说："王八蛋辞职了。"

孟泥像平时那样上班，假装什么事也没发生。没有谁注意她眼角的血丝，也没有谁在意她食欲不振语速变缓，更别说她的例假不例了。在同事们的眼里，她依然是一位正在热恋的甜蜜的女人。

某天，外号叫"青春痘"的汪网约孟泥在酒吧见面，请她帮介绍一公的。孟泥迟疑了很久，说："你宁可叫我卖身，也别找我干这事。现如今，要找一可靠的公的比造一航母还难。"

"看来你是不想帮我了。但你可不可以介绍庄天海让我认识？"

孟泥的脑袋一下就大。她问："庄天海是干什么的？"

"他干什么的你还不知道？你就装吧。"

"谁装谁是马桶。"

"其实，我就想找他帮介绍个对象。如果你怕我打扰他，就把他的手机号码给我，我只发短信不见人。"

"他是开婚介所的吗？"

汪网无语，站起来要走。孟泥拉住她："为什么只吐半截，能不能一次吐完？"

"你都不真诚，有什么好吐的？"

"我哪里不真诚了，是脚指头或是后脑勺？"

"你说你不认识庄天海。"

"凭什么我要认识他？是法律规定或是强制执行？我连它是动物或者植物都不清楚，凭什么你们就断定我跟它认识？"孟泥近乎咆哮，"告诉你，我跟王小尚是在地铁撞上的，和姓庄的没任何关系。"

"谁信呀。"

"不信，你问它去。"

"我要能问他，还用来找你？"

这次，轮到孟泥无语了。她整理情绪，

调低音量："对不起，小网，我跟王小尚分手了。"

"不可能，凡是庄天海介绍的从不分手。"

"谁告诉你的？"

"都这么说。"

"那你就去找它吧。反正我不认识这个王八蛋。"孟泥把酒钱留下，起身走了。汪网看着她的背影，轻蔑地："你竟敢骂他，真是忘恩负义。"

当晚，孟泥的住所被小偷光顾。她的手提电脑、数码相机以及半个纸盒的零钱被盗。男朋友刚刚不辞而别，手提电脑又不翼而飞，孟泥觉得自己真是从头到脚地倒霉。尤其是电脑，里面储存着私密画面，万一小偷把截图上传网络，即便不气死也会精神崩溃。

看过现场的陆警察告诉她，像这种不大不小的案件很难侦破，因为小偷都懂得戴手套了。孟泥为此失眠，甚至连微博都不敢看，生怕自己的身体冷不丁地从网上弹出，把眼睛炸瞎。为了催促陆警察办案，她数次短信邀约他下馆子，但他每天都挂着挡，没时间跟她应酬。

孟泥现在才知道什么叫折磨……

10天，20天，30天过去了，网上平安无事。孟泥早搏的心脏渐趋正常，睡眠质量也慢慢好转。她对爱情和电脑没什么指望了，整天抱着一堆饼干当主食，下完班就窝在沙发里看电视。

傍晚，门铃"叮咚"一声。她吓得从沙发上弹出，趴在门孔上看了半天，才想起外面站着的是陆警察。她拉开门。陆警察问："这时候打扰方便吗？"

"无所谓。"

陆警察走进来，亮出身后的手提电脑。孟泥的眼珠子顿时活了。她接通手提电源，开机密码有效，电脑似乎还没被人破解，文件和画面都还健在。她终于松了一口气，问："把它找回来，算不算奇迹？"

"算你运气好。我们是在查别的案件时，顺带查出来的。"

孟泥请陆警察吃饼干。陆警察不吃。孟泥为他冲了一杯咖啡，因为杯壁上有昨天的残渣，陆警察没端杯子。孟泥说："你做了这么大的贡献，怎么连一口都不喝呢？"

"不渴。"陆警察掏出一个信封递过来。孟泥撕开，是她的房门钥匙。她问："怎么会在你手里？"

"我们怀疑过王小尚，找他问过话。钥匙是他委托转交的，因为忙，直到今天才有机会。"

"他在什么地方？"

"本人答应为他保密。"

"我抽，"孟泥开始转圈，"他是不是以为我还有兴趣找他？我都把他扔垃圾桶了，他还这么防备，也太高看自己了吧。"

"知道他为什么离开你吗？"

孟泥摇了一下头，像个布娃娃那样定格，活着的眼珠子忽地死了。陆警察说：

"因为他有了新欢。听人说是庄天海叫他离开你的，条件是帮他介绍这个官二代。"

"你妹的，怎么又是庄天海？这条鼻涕到底是干什么的？"

"不知，但他这么做很不善良。如果你需要打架，可以电我。"

"我一个人就能抽扁他。"

陆警察起身告辞。孟泥说："谢谢。"

孟泥想在网上人肉"庄天海"，但她刚输入庄的名字，就看见自己的裸照弹了出来。她关闭一张，就弹出数张。照片越关闭越多，就像细菌似的翻倍增长。看着肉肉的自己在网上被快速复制转发，她绝望到拔线。

手机响了，是"青春痘"打来的。她说："平时看你像个淑女，现在才明白你是到淑女圈来卧底的。想干吗呢？进军娱乐圈或是找大款包养或是想做名人？没见过吗？凡是用这种伎俩成名的，基本上都是次品、烂菜叶。你干吗要去凑这个份子？不客气地讲，姐震惊了，惊呆了，要不是因为感到耻辱现在都还在呆惊。"没等孟泥解释，"青春痘"就把电话挂断。孟泥刚想反拨，另一个电话强行插入，是老妈的。老妈说："你想气死你爸吗？他现在已经站到阳台上了，暂时还没往下跳那是因为在等我。妹仔，我们家虽然不是很有钱，但也不至于靠卖照片谋生。你要是急着用大钱，妈就把房子卖了，立刻给你汇去……"

"不是钱的问题，"孟泥打断老妈的话，"你们先别急着上网，好好活几天再说。"

电话那头泣不成声。孟泥说"放心"就断了通话。她以为网上的照片会被人忽略，理由是自己一直都是个被忽略的人，更何况网上的信息那么驳杂，却不料没有侥幸。她赶紧拨通网络警察，正在说明情况时，手机里不时插入"嘟嘟"声。报完警，她一看，机屏上显示10个未接来电，都是王小尚的。正要关机，他又来了。铃声中她犹豫，再犹豫，最终还是硬不起心肠，按了"接听"。

"你脑子是不是烧坏了？"王小尚劈头盖脸来了一句。孟泥没接招，屏住呼吸。王小尚继续："真没想到你会用这么下流的手段来报复我。但是，你也没占便宜。这相当于自杀性袭击，两人同时烧焦。知道你傻，但没想到你这么傻。其实，你只要把我俩的裸照直接寄给我女朋友就能达到目的，何必轰轰烈烈地挂到网上？"

"你给我闭嘴！"孟泥用了最大的嗓门。

王小尚沉默了。电话里只有双方的呼吸。沉默啊沉默……沉默良久，孟泥啜泣。她说："你这只白眼狼，先拿到良心文凭再来骂我。我怎么就没想到报复？我真希望这就是我的报复。"

"有人告诉我，挂裸照是庄天海给你出的主意。"

"你妈才庄天海呢。你抱上了他的粗腿，还跟我说不认识，哄鬼呀？"

"我要哄你，就被车撞死。"

"你的新欢不就是他介绍的吗？"

"奶奶的，怎么我一交女朋友就是他的功劳？"

"你就装吧。"孟泥掐了手机。

网警告诉孟泥，裸照上传地址在广州某网吧。而那个小偷既没打开电脑，也没离开本市。此案成谜。

孟泥辞职了，她实在不敢看同事们惊讶的表情，她甚至讨厌人类。每天，她都拉上窗帘，一头埋在被窝里。饿了，就起来泡方便面，或者吃几片饼干。如果食品断货，她就网购。

一天，孟泥戴上墨镜、口罩来到医院病房。床上躺着陆警察，他的右脚打着石膏。孟泥问："怎么会伤成这样？"陆警察说："那天从你屋里一出来，就在楼下栽了个大跟斗。我追小偷时在楼层跳来跳去都没摔坏，想不到会在平坦的路面骨折。"

孟泥打听："手提电脑追回之后，还有谁碰过它？"

"一直锁在保险柜里，除了我没谁碰过。"

"那就撞鬼了。"

"你不会怀疑是我干的吧？"

"怎么会呢。要怀疑就怀疑庄天海。他不是无所不能吗？"

"别迷信，也许他只是个传说。"

"郁闷。为什么在网上查不到他的信息？难道他不是名人吗？怎么连一点儿粪便都没留下？"

"你找他干吗？"

"就想问他几个问题。你能帮我找到他吗？"

"试试吧。"话音刚落，陆警察的脸就变形了。一阵剧痛从石膏包裹的脚踝开始，蹿上他的脊梁骨直达头部。他的额头渗出了汗珠，紧咬的牙齿都快崩裂了。孟泥叫来护士。护士把陆警察推进拍片室。

医生举起刚刚冲出来的X光照片，嘴巴张得像衔了一枚核桃。他把前后照片全排在灯箱上，说："你看这张，他的骨头是接对了的，而且长势喜人。但今天这一张，骨头却错开了，似乎有什么神奇的外力忽然让它错开。"

"那该怎么办？"孟泥问。

医生说："必须敲断骨头，重新对接。"

"那会很痛吧？"

"再痛也得重新来过，否则腿就瘸了。"

孟泥把医生的决定告诉陆警察。他说："为什么每次一见你，我就有麻烦？"

"是吗？"孟泥低下头。她受伤的自尊心又挨了一拳头，仿佛比陆警察第二次接骨还痛。陆警察发觉说重了，赶紧解释："不是你的原因，也许是……是因为我们谈论了庄先生。"

"刚刚打击，又来安慰，谁信呀？"孟泥抹了一把眼角，低头离去。

门铃"叮咚"一响，送方便面的来了。这么多天，也只有送方便面的按过门铃。孟泥没有核实就把门打开，竟然是王小尚。他"扑通"一声跪下，说："对不起，请原谅。"

"原谅你抛弃我？"

"那个官二代闪了，她是来耍我的，从来就没爱过我。"

"在她那里受伤，到我这里抓药，你脸是鳄鱼皮吗？"

"她姓庄，叫庄敏。我怀疑她是庄天海的亲戚。"

"那又能说明什么？"

"也许她是庄天海派来报复我们的。"

"你耍流氓还想找借口。我跟姓庄的无渊源，他为什么要报复？"

"想不透。也许我们得罪过他。"

"不可能。"

"没什么不可能。有时候我们已经得罪别人，自己却浑然不觉。至少我们谈论过他吧？"

"除非你叫姓庄的来核对，否则我不会同情你。"

"你不原谅，我就不起来，一直跪到

80岁。"

孟泥操起一小玻璃瓶，用拇指"嘭"地弹开瓶盖，像就义前的英雄举着手雷那样举着。王小尚以为是硫酸，吓得赶紧跑路。孟泥关上门，把瓶里的酒一饮而尽。迷糊中，她听到了警笛。

楼下的马路旁堆满了人。孟泥挤进来，看见几个警察站在警戒线里。一辆名牌跑车斜插在路中央，打着双闪。离车头5米处躺着一人，他的周围流淌着血。孟泥冲进去，那人果然是王小尚。她喊："小尚、小尚……"

警察把她拉开，说："省点力气吧，他已经听不见了。"

"小尚呀小尚，"孟泥抽泣，"你发誓说如果认识庄天海就被车撞死，现在，你真的被车撞死了呀……"

一年后，孟泥结婚了，男方是陆警察。对于往事，他们一概不谈论。孟泥除了上班，还包下了全部家务，把陆警察宠得就像个宠物。孟泥一心想生孩子，但两年了都怀不上。他们去医院检查，医生鉴定女方有怀孕能力，男方有使人怀孕的能力。既然都有能力，为什么怀不上？孟泥问："难道庄天海报复我们？"陆警察说："不是怀不了，而是我们打靶的时间不对。如果一辈子你都怀不上，那我就承认真有那么一个庄大爷。"孟泥拍了一下他的嘴巴。

终于，孟泥有了怀孕的迹象。医检确证她真的怀上了。陆警察兴奋得双手拍桌，一边拍一边唱，好像拍的是乐器。孟泥兴奋之余，经常手抚下腹嘴里喃喃："谢天谢地，您终于让我怀上了。"她的"喃喃"被陆警察听到。陆警察问："谢谁？"

孟泥"嘘"了一声，不答。

"为什么要谢别人？难道不是我让你怀上的吗？"

孟泥怕吵架，解释："我曾经祈祷，说如果他能保佑我怀上，我就天天默念他的恩情。"

"他是谁？"

"庄天海。"

"我抽，就连你怀孕他也有股份？"

"当时只一念，没想到一念就灵。"

"听着，别的别人都可以帮，唯独这怀孕我不喜欢与人分享。"

孟泥"噗哧"一笑。陆警察说："如果真有个庄大爷，那他就一定不会让你怀上，因为去医检那天，我们没少说他的坏话。"

"也许……也许是太多的失败拍扁了我的自信。"

"根本就没这号神人，他只不过是我们为失败找的借口。"

孟泥生下一可爱的儿子。幸福感开始在她的体内晃荡。但儿子到了该叫"麻麻"的时候，却叫不出来。医生诊断他患了语言障碍症。孟泥和丈夫让他听音乐，听鸟叫，给他做放松操，请专家训练发声，但他始终一言不发，铁心要让父母着急。

某个太阳天，孟泥把儿子放到公园的草坪上打滚。他一边滚一边伸手抓孟泥手里的糖。孟泥把糖闪开，教他说："妈妈，爸爸……"他不开口。孟泥用糖抹了抹他的嘴唇。他的嘴唇微颤。孟泥耐心地教："妈妈，爸爸。"教一次就在他嘴唇抹一次糖。忽然，儿子惊恐地看着她身后，嘴一张："庄、庄、庄爷爷……"孟泥飞快地回头，身后没有人，只见一阵风从草坪上掠过。她一激灵，全身顿时起了鸡皮疙瘩。

2012年9月19日

你不知道她有多美

春雷说：

不，我不是那个意思。我不是说废墟有多美，更不会说地震是美的。你只要看一看我身上的这些疤痕，就知道我不会说地震的好话。傻瓜才会说地震有多美、有多震撼。我是说女人，那个叫向青葵的女人。

她是发生地震那年的春节嫁给念哥的，也就是1976年。念哥姓贝，大名贝云念，是我们家的邻居。年初二，我还睡在床上做梦，他就把我叫醒了。他说春雷，咱们接嫂子去。那年头时兴婚事简办，越简办越体现生活作风健康。念哥是等着提拔的机关干部，当然不敢铺张浪费，说实话，他也没有铺张浪费的能力。

他很简单，就踩着一辆借来的三轮车驮着我去医院接嫂子。他身上的棉衣已经半旧，脚上蹬着洗得发白的球鞋，只有脖子上的那条红围巾是新买的。青葵姐比我们起得还早。我们赶到时，她已经在宿舍楼下等了半个小时，连鼻子都冻红了。念哥把脖子上的红围巾取下来，捂到青葵姐的脸上，驮着她往回走。三轮车被念哥踩得飞了起来，他不时回头看看青葵姐，眼睛笑成一道缝。

我和青葵姐面对面地坐着，头一次离得那么近。我看见她长长的睫毛上像沾着水雾，眼珠子比蓝天还清亮，红扑扑的两腮挂着酒窝，一直挂着，没有停止过。谁都知道青葵姐漂亮，但那一天她是最漂亮的。后来我观察，只有笑的时候她才有酒窝，这证明那一天她都在笑。

念哥的三轮车越快，打在我脸上的风就越大。我的脸好痛。我缩了缩脖子。青葵姐看见了，从包里掏出一盒雪花膏，抠了一点儿抹到我的脸上。她说你看你，脸都冻裂了。她的手像温热的水在我脸上流淌，我舒服得几乎晕了过去，脑海里突然跳出两个字：天使！原来青葵姐是仙女下凡。我甚至想是不是因为有了她，人们才把医生称作天使？现在说出来不怕你笑话，青葵姐这么擦过之后，我三天都没洗脸，甚至还伸出舌头舔了脸上的雪花膏。我一直认为雪花膏的味道，就是青葵姐的味道。

那天，我比念哥还高兴。好多人来吃喜糖。他们来了又走，只有我一整天坐在念哥的屋里。到了晚上，念哥说又不是你娶媳妇，瞎乐什么？快回去睡吧。我恋恋不舍地站起来，怪天黑得太早。青葵姐从里间拿出一个塑料皮笔记本，说你累了一天，这个送给你吧。要知道，像这么高档的塑料皮笔记本那时并不多见。我母亲没有工作，全家靠我父亲的工资，即使看见过这样的本子，我也舍不得买。但这个礼物放在这个晚上给我，我一点儿也不高兴，它像一道逐客令，我收下之后就再没理由待在他们的屋子里了。

很快，整幢楼都知道了青葵姐的美丽。按现在的说法，她很具杀伤力。当天晚上，我的父母就吵了起来。我父亲说你看看人家娶的媳妇，要身材有身材，要胸口有胸口，还是个医生，现在的年轻人真有福气呀！我母亲说人家娶媳妇，看把你急成什么样子了。我就知道你那老毛病没改，想要漂亮的先把我离啦。他们小声地吵着，以为我是聋子。

几天后，三楼的孙家旺也跟他媳妇吵开了。他媳妇怪他看青葵姐看得太傻，看得眼珠子都快爆裂了，说他故意在楼下等青葵姐，还为青葵姐提南瓜。孙家旺可不像我父母那样低声下气，他站在走廊上大声地跟媳妇对骂，其中说得最多的一句就是：我喜欢她，你又能把我怎样？大不了咱们离！那时我觉得孙家旺不要脸，这样的话都说得出口。但到了现在我才明白，他是故意说给青葵姐听的。他是明修栈道，暗度陈仓。大约过了两个月，孙家旺真跟他媳妇离了。后来孙家旺想打青葵姐的主意，我听他对青葵姐说是因为你，我才离的。

这些事我都写到了青葵姐送的笔记本上，但写得最多的还是青葵姐。我想她雪花膏的气味，想她软绵绵的手，想娶她这样的媳妇，想跟她说话，想天天到她家去串门。我还在笔记上画她，开始画得一点儿都不像，后来越画越像，画得比她的相片还像。如果我不是因为崇拜她想做一名医生，也许她送的笔记本早把我培养成画家或者作家了。不知道什么原因，自从青葵姐住进这幢楼，周围的夫妻常常莫名其妙地拌嘴，冷不丁就会从某个窗口传来摔碟砸碗的声音。这是用预制板搭建的大板房，基本上没什么隔音功能。好几次念哥出差了，孙家旺赖在青葵姐的屋里不走。青葵姐就隔着墙壁叫：春雷，你把我的相册拿过来。或者这样唤：春雷，你念哥不是说今天晚上回来吗？

我"哎哎"地应着，跑到她的屋子里跟孙家旺比坐功。他不离开，我就一直坐着。有时候，那个赖在屋子里的不一定是孙家旺。我不太记得他们的名字了，反正只要念哥一出差，来的男人就特别多，特别复杂，不是孙家旺就是李家旺，不是李家旺就是贺家旺。不管什么男人，青葵姐都叫我过去陪他们，让他们没有下手的机会。青葵姐的那本相册被我拿过来又拿过去，成为到她家去的借口。有好几次那些垂涎欲滴的男人走了，我还不想走，青葵姐就给我热她做的水晶包子，让我一边吃一边听她说念哥的好。我听着，好想让她再给我擦一次雪花膏。但是天气已经不允许了，热了。我的脸也光滑了，再也没有理由了。于是我就装病，不上学也不去医院。母亲没有别的办法，请青葵姐在家里给我吊针。你不知道那样的时刻有多幸福。为了能让她给我扎针，我恨不得天天生病。

当然这不是我接触她的唯一方式。我帮她从楼下提过水，跟她学过打针，为她拆过毛线，还故意站在走廊上朗诵毛主席的《沁园春·雪》。如果我读错了，她会着急地跑出来帮我纠正读音。有时我故意把字读错，她并不知道我的伎俩。但是念哥看出来了。念哥是多么聪明的人呀！他拍着我的脑袋说鬼精灵，你要是跟我一样年纪，那青葵姐就是你的啦。我心里暗暗得意，朗诵的声音越来越高亢。放暑假时，我获得了全校朗诵第一名。我把奖状拿给青葵姐看，她说要不是我指导，你哪会获奖？快请客。

我没钱请她下馆子，就买了一根雪条给她。你没看见她吃雪条的样子，用你们的行话来说，简直是一门艺术。一根雪条在她嘴里比在任何人嘴里待的时间都长，她不像我们用牙齿，而是用舌头慢慢地舔，用嘴轻轻地含。如果雪条融化得太快，她就抽出来让它歇一会儿，等雪条上凝聚了水滴，她又及时把它含住。雪条在她嘴里滚来滚去，直到只剩下那根木片。就是木片，她也要含一会儿才舍得丢掉。我母亲说看青葵吃雪条，就知道她是一个懂得节俭的媳妇。

十天之后，我们唐山就发生了震惊全世界的里氏7.8级地震，你们都应该听说过。即使死了我也不会忘记那个时间：1976年7月28日凌晨3点42分。当时，我不知道自己是怎么醒的。反正我醒了，身上只穿着一条裤衩。父母尖叫着跑出门去，一块水泥预制板砸在他们的身后。泥沙俱下，生死攸关，他们把我这个独生子留在屋里。我并没有急着逃命，真的。我也没有父母那么胆小怕事，好像我这条命不值得珍惜，或者我这条命应该献给什么人。

我闪到墙角，竖起耳朵听隔壁的声音。我想有可能的话，我会冲过去救青葵姐。但是速度太快了，还没等我行动，那边就传出了她的惨叫，紧接着是楼板坍塌的巨响。完啦！青葵姐肯定被砸死啦。整幢楼剧烈地摇晃起来，就像人哭到伤心处发抖那样。我被抛出窗外，和那些泥沙、门板、玻璃一起往下掉。这是一幢四层高的楼房，我们都住在四楼。奇怪的是我掉到地上之后，竟然没有死，只是那些落下的玻璃纷纷扎到我的身上。站起来的时候，我变成了一个长满玻璃的刺猬。这要在平时早就痛死了，但那时我却不知道痛。我看见人们惊慌地从楼道里跑出，看见有的人从楼上摔下，像石头那样嘭地砸在地上，再也没有起来。喊叫声中，我跟着人群跑去，刚跑出去几十米，回头一看，那幢楼就不见了。

除了惊叫和哭泣，就是喊爹叫娘、呼儿唤女的声音。操场上的人越来越多，我也想喊几声，但是我把父母的名字给弄丢了，怎么也想不起来。他们也没喊我。我想：青葵怎么就死了呢？她那么漂亮那么水灵怎么就舍得死呢？我试着拔出腿上的玻璃，一股热乎乎的血流下我的小腿肚。我不敢拔了，得等医生来拔，要不然血会流干的。

人们不知道下一步该怎么办。我也不知道。忽然，响起一个大嗓门，他叫大家不要惊慌，毛主席会派飞机来接我们。这句话像炸弹，把人群炸得东倒西歪，稀里哗啦。好多人说那干等着干什么？还不快去飞机场！人群往飞机场的方向走去。我跟着他们。他们越走越快，我越走越慢。我不知道为什么慢。我又不感到痛，为什么会慢？现在我当了医生才知道，肯定是那些玻璃在作怪。你想想肉里戳进那么多三角形的、四边形的、多边形的玻璃，我敢保证，就是施瓦辛格演的"终结者"，插上了这些玩意也快不到哪里去。

走了一阵，父母找到我了。他们又惊又喜，摸我的脸，拍我的肩，看看我是不是哪里少了一块。当他们的手被我刮痛之后，才知道我的身上插满了玻璃。父亲想背着我走，但他怕把玻璃压进我的肉里，加剧我的疼痛。母亲想抱起我，但她的手刚伸过来，就听到玻璃砸进肉里的噗噗声。我头上长角，身上长刺，只要什么东西碰上我，那些透明的多边形就会毫不客气地往肉里钻。母亲哭了，父亲叹气。我告诉他们我一点儿都不痛，叫他们别管我。可是他们不听，陪着我慢慢地走。父亲从地上捡起一根别人掉下的三角拐杖，递到我手里。母亲催促我加快速度，说太慢了就坐不上毛主席派来的飞机。

地下又动了起来，后来我才知道这叫余震。人群顿时乱成一团，全都向前狂奔。父母被人流裹挟着往前冲。我听到母亲喊：春雷，你快一点儿，我们在飞机场等你，我们到飞机上去给你抢座位！逃命的人像洪水一样从我的身边拥去，很快就把母亲的声音淹没了。我没他们那么怕死，避到路边慢腾腾地走着。我不知道哪来的胆量，一点儿也不害怕丢掉性命。青葵姐都死了，我活着还有什么意思？

从医学的角度讲，当你全身都是伤口又淋了一场雨的话，是很容易得破伤风的。这就叫作屋漏又遭连夜雨，行船偏遇顶头风。真倒霉呀！那雨说来就来，也不商量一下。逃命的人在雨里奔跑。那么多雨滴一起敲打我身上的玻璃，好像在演奏一件乐器。我没感到痛，反而觉得雨打玻璃的声音很好听。就是到了现在，我都还佩服那时的勇气。渐渐地大部分的人消失了，只剩下一些老弱病残、行动不便的走在雨里。我听到有人喊春雷，喊了好久，我才明白是喊我。

那不是别人，是青葵姐的丈夫念哥。他的一只小腿被预制板压断了，只能爬行。他的全身都是泥巴，断的地方还流着血。我把手里的三角拐杖递给他。他从地上爬起来，扶着我的肩膀歪歪倒倒地往前走。他的血流到地面，跟着那些雨水往低凹处流去。我说青葵姐死得好可怜，我听到了她的惨叫。他把手从我的肩膀上拿开，用拐杖支撑着单腿跳跃前进。我跟上他，谁也不说话，只听见雨打玻璃。

念哥越跳越快，我被他甩在身后。我说念哥，你等等我。他说不能再等了，再等，我身上的血就不够用了。念哥和他们一样怕死，为什么都那么怕死？他们只管往前跑，却从来没回头看一眼留下来的亲人。念哥为什么不留下来陪青葵姐？我看见一只狗死的时候，另一只狗就不会离开。我像是有点儿清醒了，对着念哥喊：你一个人逃命吧，我可要回去陪青葵姐。他突然停住，扭头看着我：谁说你青葵姐死了？谁说的？我说是从她的惨叫声判断出来的。他说你的青葵姐没死，她已经跑到前面去了。

我好惊讶，说她没死吗？没死，她为什么不等你？他说是我叫她先走的，现在关键是看谁能抢到飞机的座位，毛主席派来的飞机是有限的，只不过才十几架，谁抢到座位，谁就能活命。这么说青葵姐和我母亲一样，是抢座位去了。既然青葵姐还活着，既然她还活着……我的身体立即有了力气，快步追上念哥。两人在积水中吧唧吧唧地趟着。我仿佛听到了青葵姐的喊声。喊声从前面的人群传来。我说这是她在喊吗？念哥听了一会儿，说她叫我们走快一点儿。

我们把所有的力气和精力都用来走路。

我说青葵姐的歌唱得真好听。念哥说她什么时候唱歌了？我说晚上呀！难道你没听见吗？半夜的时候她总会唱那么一小段，你睡在她的旁边都没听见吗？念哥说那不是唱，是哼，是哼歌，等你结了婚就明白了，女人都喜欢那么哼。我说别的歌也好听，但青葵姐的是最好听的，虽然没有歌词，就是好听。念哥说你青葵姐不光歌好听，还暖和。我说什么叫作暖和。念哥说像冷天被窝里放了个热水袋，这就叫暖和，明白不？我说明白。念哥说那水晶包子呢？青葵姐做的水晶包子好不好吃？我说你不说还好，你一说我就流口水了。念哥说你青葵姐没一处不好，就连她洗的球鞋也特别白，我妈都洗不过她。她的身子比香水还香。她的眼睛，她的酒窝，她细白的脖子，没有一处不好。她的腰那么细，屁股却那么壮实，人人都说她能给我生大胖小子。算命的说，她至少能活到80岁，我会死在她的前头……念哥越说越激动，竟然哭了起来。我说你怎么啦？他说没、没什么，是我的腿痛得太厉害了。

我们默默地走了一程，步子越来越沉重。念哥说等你长大了，我也给你找这么个好媳妇。我说除了青葵姐，谁也不要。念哥说傻瓜，她已经是我的人了，谁叫你妈不早点儿把你生出来。我说等我长大了，你能把她送给我吗？他说不行。我说那你能不能不搬家？让我一辈子做你们家的邻居。他说哪里还有家呀？全都塌了。这时我才想起家没有了。我说飞机真的会来接我们吗？他说毛主席的心里装着人民呢。我说毛主席会重新给我们一个家吗？他说会的。我说如果有了新家，你一定要让我住在你们家的旁边。他说就让你住在旁边吧！

　　雨停了。天边开始露出淡淡的白光。好几次我都想趴下了，但是念哥说，每往前走一步，就离飞机近一步，没准你青葵姐已经为我们占了好几个座位，没准一上飞机就能躺到青葵姐的腿上美美地睡一觉。我想这一次又不是装病，青葵姐准会让我躺的。我好想躺到她的大腿上睡一觉呀！我想着青葵姐的大腿，跟着念哥一步一步地走下去。我们就这样离飞机场越来越近，渐渐地看到了黑压压的人群。当我们走到人群的边缘时，念哥却不行了，他像一棵大树哗啦地栽到地上。他的血已经流干了。他最后对我说：春雷，如果你还能活下去，拜托你找到青葵姐的尸体，替我好好安葬她！

这时，我才确信青葵姐死了。念哥是用她来鼓励我，也鼓励他自己走到了飞机场。要不是想着青葵姐，我准在半路就趴下了，那今天我也不能给你讲这个故事了。我记得当时胸口一阵痛，泪水吧嗒地涌出眼眶。我哭了，在我的哭声中，痛觉一点点地回来，身体像着了火，痛不欲生。我真的看见身体着了火，那是太阳的光线，它们照射到插在我身体的玻璃碴儿上。我看上去是那么的透明，那么的闪闪发光。在太阳的光芒中，人群围了上来，以我为圆心围成一个圈。这个圈随着人群的加入越来越大。我看见整整一飞机场的人全都没穿衣服，他们冷得瑟瑟发抖。我多么希望青葵姐还活着，她就赤身裸体地站在人群中。我是多么地想看一次她的裸体。

你想想，太阳照着整个飞机场的裸体那会有多壮观。那都是活活的生命呀！半夜里为了逃命，他们根本没顾得上穿。后来有人告诉我，发生地震时凡是顾着穿衣服的，基本上都没跑出来，他们一共有24万人。

终于，我听到天上传来轰隆隆的声音。我想那一定是飞机的声音。但是还没等看到飞机，我的腿就软了，就支持不住了。我倒下去，那些插在我身上的玻璃碎的碎，断的断，撒落一地。突然，有一只手，就像青葵姐软绵绵的手，拽了我一下。我飞了起来，在站满裸体的上空。又突然，那只手一松，我跌回了地面。

值得庆幸的是我没有得破伤风。我被帐篷搭建的部队医院救活了。出院后，我回到那个倒塌的家。遍地都是破烂的预制板，水泥块里露出钢筋头。我估摸着，开始在废墟上寻找青葵姐的尸体。我搬开石头、水泥块，挖了三天，把手掌都挖出血了，连青葵姐的影儿都没找到。后来，每年的7月28号我都要到那里去看一次。从那里逃出来的人这一天都会回去，有好几十个。他们默默地站在那里，悼念死去的亲人。在这些悼念的人群中，我也没有发现青葵姐。当悼念的人们离去后，我坐在废墟的石头上闭上眼睛，就这样轻轻地闭上眼睛，青葵姐准会出现在我的面前：她站在我床头，用软绵绵的手为我扎针。她离我是那么的近，我看见她长长的睫毛上像沾着水雾，眼珠子比蓝天还清亮，红扑扑的两腮挂着酒窝，一直挂着，没有停止过……

对不起，每一次我说到这里就抑制不住流泪。当泪水涌出我的眼眶，我就得立即睁开眼睛。这就像影碟机的暂停，我希望青葵姐以这样的画面永远停在我的脑海。事实就是这样，直到今天，我已年过四十都还没娶媳妇。我见过好多漂亮的女人，但没一个有青葵姐漂亮。

2003年12月23日凌晨

我为什么没有小蜜

米金德穿着一件白净的短袖衬衣，低头站在普超的办公桌前说，我只不过是伸手在小元的胸前比画了一下，就像这样比画了一下。米金德举起右手，五根蒜白一样的手指做出一个碗状，倒扣在自己的胸膛就像倒扣在小元的胸膛那样比画了一下，然后偷眼看坐在办公桌后面的普超。普超直着脖子，板着一副冻猪肉一样的脸盯着米金德。米金德感觉到一股冷气迎面扑来，于是迅速地低下头，说她想得挺美，她说我碰了她，我根本就没碰她。你也知道我跟她不是没有开过玩笑，怎么这次就当真了？如果你相信她的鬼话，我可就冤死了。

普超从鼻孔里喷出一声冷笑，拿起一支

铅笔敲打着桌上的一大摞文件说，知道这在外国算怎么回事吗？米金德摇摇头说，这能算什么呢？普超说这要是在国外，就是性骚扰，可以给你定罪的。米金德抬起那张委屈的脸说，可是我并没有碰到她。普超说如果你没碰到她，她怎么会告你？人家还是一个姑娘，如果你没碰她，她会告你吗？她难道就不要名声了吗？米金德说可是……还没等米金德"可是"完，普超就把手上的铅笔重重地摔到桌上说，你就不要可是了，有本事你到外面去找，干吗要调戏自己的同事？米金德急得张大了嘴巴，说我是乌龟王八，如果我调戏她的话。普超的身子往后一靠跷起二郎腿，说你就不要狡辩了，我可不喜欢跟我顶嘴的部下。

米金德的脑袋像是被棍子敲了一下，轰轰地响着，甚至还有一点儿火冒金星。他的双腿不自觉地摇摆起来，声音慢慢地调低。他说你让我不说，我就不说，但是我真的没有碰她。普超被米金德说得有点儿烦了，搁在扶手上的巴掌一撑，呼地站起来，拉开架式准备跟米金德发火。突然，办公室的门被人推开了，普超和米金德同时扭头看着门口，他们看见小元站在那里，像是要把什么东西带进来。米金德对着小元像死鱼那样翻一个白眼，扭头看着普超。普超脸上的怒火在小元的注视下跑得一干二净，甚至还出现了漫无边际的微笑。但是他似乎意识到了米金德的存在，把刚刚露出来的正在向四周扩散的微笑强行地收回去，就像把刚刚借出去的钱收回去那样。

普超对着门外的小元招手说，你来得正好。米金德对普超说，既然小元来了，你是不是可以问问她，我到底碰没碰她的胸口？小元走进来，目光在两个男人的脸上打扫一遍，说你们到底在说什么？普超没有理会小元，提高嗓门对米金德说你碰了。米金德说你能不能让小元自己说？普超说干吗要她自己说？我说就等于她说。我说你碰了你就碰了。米金德无奈地低下头，站在那里一动不动。普超坐回椅子里，说看来你还不太服气，小元你跟他说吧。小元故作惊讶地说，我不知道跟他说什么。普超拉过小元，让她坐到自己的膝盖上，双手把她搂住。小元缩了缩脖子，嘻嘻地笑着。普超把嘴巴凑到小元的耳朵上说，你说，他到底碰没碰你？小元说，碰了。

米金德的脸刷地惨白，脑袋又轰地炸开。他怎么也想不到小元会在大白天里说假话，他更想不到小元竟是普超的小蜜。既然他们是这种关系，那我还有什么话可说？米金德顿时觉得自己的身子像有水抬着浮了起来，就像宇航员那样浮了起来。他一抬脚，身子轻飘飘地转过去。在米金德转过去的一瞬间，普超发现了他脸部的细微变化，那是一种不服气的表情。普超对着米金德的背影说，米金德，就这么回事，不要想不通。你都看到了，小元是我的朋友，今后你对她不要太过分。米金德不用回头就想象得出普超搂着小元的那副得意嘴脸。他恨透了普超那种居高临下得意洋洋的腔调，快步朝门口走去，但是就在他快要跨出门口的瞬间，身后响起了普超和小元的哼哼声。这种发情的声音使米金德不得不回头看着他们。他看见小元像一个孩子被普超紧紧搂着，他们的嘴咬在一起。米金德突然感到脊背一阵发凉，身上起了一层鸡皮疙瘩。他轻声地说，我什么也没看见，即使我看见了我什么也不会说。

说完，米金德跑下楼梯。

米金德回到自己的办公室，坐到他差不多坐了十年的那张破椅子上。那张椅子在他坐下来的时候很不争气地摇晃起来，还发出吱吱呀呀的声音。这种声音在寂静的办公室里显得十分嘹亮，所有的人都用奇怪的眼神看着他。只有坐在他对面的朱子良，对他的椅子声无动于衷。因为他正戴着一副老花眼镜，盯着他手上那只从来都没响过的呼机拍打着，似乎是要从那上面拍出一条让他振奋的消息。

同事们怪异的目光把米金德的脸都看红了。米金德竭力控制住椅子的响声，但是他越想控制椅子就响得越厉害。这时他才发现自己的身体像装了发动机那样颤抖不已，而且连牙齿也像搁在雪地里那样咯咯地敲打着。米金德想：今天我是怎么了？他正这么想着，一个声音从办公室的角落砸到他的头上：老米，你安静一点儿好不好？这个声音在米金德的身上加了一把火，使他的身子抖得更厉害。他抬头对着角落歉意地一笑，说对不起，我不是故意的。我有点儿不舒服，但很快就会好的，给我几分钟，我就会安静下来，很快就会安静下来。米金德絮絮叨叨的，说话的声音愈来愈轻，但是他的椅子却愈来愈响，就连朱子良也被他的声音弄得心神不安。

朱子良把头从呼机上抬起来，脱下老花眼镜，眯起他的小眼睛看着米金德说，小米，你怎么抖得这么厉害？要不要到医院去看看？米金德摇摇头轻声地说，没事，待一会儿就好了。朱子良说那你站起来试试，只要你的屁股离开椅子，它就没办法响了。米金德双手撑住桌子站起来，椅子的响声消失了，但是他的身子却抖得更厉害，仿佛再这样抖下去他的身子也会发出响声似的。有人建议老朱，你还是带他到医务室去看看吧，你看他的脸，白得都像一张纸了。在大家的怂恿下，朱子良很勇敢地站起来，把手里的那个呼机别到腰带上，扶着米金德走出办公室。

走出办公室，米金德找一张石凳坐下。朱子良说你怎么不走了？米金德说老朱，你都快退休的人了，我怎么好意思让你扶着我走。朱子良说这有什么？谁敢保证自己不生病？米金德说我没生病，我只是感到有点儿冷。朱子良说大热天的感到冷那不就是病吗？米金德说你让我坐一会儿吧，坐一会儿我就好了。朱子良说你真的没事吗？米金德说没事。朱子良伸手在米金德的额头上摸了一把说，那你先坐一会儿吧，我得弄弄我的这个呼机。

朱子良坐到米金德的旁边，把别在腰带上的那个呼机拿出来继续拍打着。米金德慢慢地平静下来，血色回到他的脸上。他说老朱，我发现了一个秘密。朱子良停止对呼机的拍打，好奇地看着米金德问，什么秘密？米金德说我不敢说，除非你向我发誓。朱子良说连克林顿都没什么秘密了，你还有什么大不了的秘密？米金德说这绝对是一个秘密，说出来可不得了。朱子良说那你说出来听听。米金德摇摇头说，我怕你会说出去。朱子良说我发誓，如果我把这个秘密说出去就让车撞死。米金德说老朱，你怎么发这样的毒誓？万一你漏嘴我可负不起责任。朱子良说怎么会让你负责任？我不说出去不就得了。米金德说你会说出去的，这个秘密除了我谁都会说出去。朱子良说小米，你就那么不相信我？米金德说老朱，我不说给你听是为了你好，有时候知道得越多人越累，多一事还不如少一事。朱子良举起手里的呼机说，小米，如果你不相信我，那我先说一个秘密给你听。听完我的秘密，你再把你的秘密告诉我。米金德说你的什么秘密都不会超过我的这个秘密。朱子良笑了一下说，那不一定，知道这几天我为什么不停地摆弄这个呼机吗？米金德说不知道。朱子良说我跟一个女人好上了，她答应这几天呼我，直到现在她都还没呼我，所以我一直担心是不是我的呼机出了毛病。米金德的眼珠子被朱子良的这个秘密撑得快要爆裂了，他惊讶地看着朱子良，看了好久才憋出一句话来：老朱，你有外遇了？朱子良点点头。米金德说老朱，你怎么就有外遇了？朱子良说我怎么就不能有外遇了？

这时朱子良手里的呼机突然狂声大作。他看一眼呼机，飞快地从石凳上跳起来喊道，小米，是她的传呼，她呼我了。米金德看见朱子良满嘴巴的笑声，他笑着跑进办公室去复机。他一边跑手里的呼机还一边响。

米金德在冰凉的石凳上坐了一会儿，

发现自己的身子已不再发抖。这时他感到肚子里憋着的那个秘密像火一样烧起来，他想：我得找个人说说。他抬头看看办公室的门口，朱子良进去之后就没再出来，四周一个人也没有。米金德从石凳上站起来走进车棚，推着自行车出了院门。一出院门，他就像踩什么仇人那样拼命地踩着他那辆破烂不堪的自行车上了马路，车子在他的脚下飞了起来，他的额头上很快出了一层汗珠。但是他一心只想找个人说说，根本顾不上抹一下额头上的汗。他的车子从一辆又一辆自行车旁边飞过，穿过东城区，绕过朝阳门，来到一座大厦前。他一口气跑上三楼，冲到一个大办公室门前，对着里面叫了一声：赵然。

办公室里的人全都抬起头，他们看见米金德的衬衣已经湿透，头发上挂着豆子一样大的晶莹剔透的汗珠。他的脖子梗着，胸腔起伏着，嘴巴开合着，像是离开水的鱼，想说什么但又卡在脖子里说不出来。赵然紧张地跑到门边说，出什么事了？米金德把赵然拉到走廊上，伸了伸脖子很神秘地说，我看见了，我全都看见了。赵然说你看见什么了？米金德说我看见普超了。赵然说普超？不就是你们单位的那个头儿吗？米金德点点头。赵然说你不是天天都看见他吗？米金德说我不是看见他，我是看见他有小蜜了。赵然说你跑得气都喘不过来，就是为了跟我说这个？米金德说我再不说出来，肚子就要爆炸了。赵然说我还以为出了什么大事，你真是无聊透顶。米金德说关键是他们就在办公室里，就当着我的面亲嘴。赵然说他就不怕你说出去？米金德说所以我就跑过来跟你说了。赵然说跟我说有什么用？你要跟你们单位的人说。米金德说我差一点儿就说了，如果朱子良的呼机不响，我就说出来了。后来我一想当时幸好没说，要不然他会怪罪我的，那我在单位就没法混下去了。赵然说那你还说它干吗？你就只当没看见，这年头男人有一个把小蜜有什么值得大惊小怪的？米金德说你也这么认为？赵然说难道不是吗？

米金德说可是有很多男人都没有。赵然笑笑，说那都是一些像你一样没有本事的男人。米金德说原来你也这么认为，我怎么一点儿也不知道？赵然说我是开玩笑呢，你真是无聊，没事就早点儿回家，路上小心。

赵然说着转身走向办公室。米金德尾随她走了几步，说也许他就知道我不敢说，才敢当着我的面跟他的小蜜亲嘴。赵然说算你还有自知之明，你以为这是什么伟大光荣的事情吗？他这是看不起你，量你不敢说他，根本没把你当回事。米金德恨铁不成钢地在自己的脸上扇了一巴掌，说他妈个巴子的，不就有个小蜜吗，怎么就那么看不起人。

不知道是不是炎热的天气作怪，反正自从米金德看见普超的那一幕之后，他就一直躁动不安，觉得普超在欺负他，心理一直都不平衡。他突然想去见一个人，但是他的手头没多少钱。他的生活一直都是赵然安排着，所以他基本不知道赵然把钱放在什么地方。赵然还没下班，米金德开始在家里翻箱倒柜找钱。他打开赵然专用的那个柜子，里面除了化妆品没有他要找的东西。他拉开衣柜，把赵然那些挂着的衣服的口袋全掏了一遍，还是没找着他要找的东西。他想：她会把那东西藏在哪里？他的目光落在书柜上，心里掠过一丝窃喜。他打开书柜，翻开赵然经常看的那些书，翻一本丢一本，很快沙发和地板上堆满了他翻过的凌乱的书籍。

　　下班后的赵然突然推门进来，米金德被推门声吓了一跳。他下意识地缩缩脖子。赵然的目光落在米金德的脸上。米金德感到她已经把自己看穿了。米金德说你把存折放在哪里？赵然说你找存折干吗？米金德说我的一个同学病了，我去看看。赵然说你别把书弄乱了，钱怎么会放在书柜里。赵然换了鞋走进卧室，从里面拿出一本存折递给米金德，说家里没钱，你自己拿存折去取吧。米金德接过存折，说那我走了。赵然说你走吧。米金德走出家门，赵然把那些散落的书一本一本地放回书柜。

　　米金德肩膀上扛着一大盒酸奶急匆匆地在楼梯上爬着。他爬到六楼的一扇门前把酸奶从肩膀上放下来喘了几口粗气，伸手在门铃上按了一下。铁门咔嚓一声，一位正在往横里长的中年妇女把门打开，好奇地看着米金德，说你找谁啊？米金德说王微，你不认识我了？王微张大嘴巴，说原来是金德，我们差不多十年不见面了，我都不记得你长什么模样了。王微的身子从门框里让开，说快进来吧，金德。米金德抱起那盒酸奶走进去。王微说来就来了，还买什么东西，你太客气了。米金德说这是你最爱喝的酸奶，我记得你最爱喝酸奶了，一天能喝好几瓶。王微咧嘴一笑，说你还记得我喜欢喝酸奶，真是的，我什么也不记得了。

　　王微兴奋地搓着双手，不停地跺脚，不知道如何是好。她说金德，怎么突然想到来看我了？米金德说也不知道为什么，突然就来了。王微说你来得正好，我连一个说话的人都没有。米金德撕开那盒酸奶，把一根吸管狠狠地戳进塑料奶瓶递给王微，说喝吧，我最喜欢看你喝酸奶了。王微接过酸奶喝了起来，只一会儿工夫就把那瓶酸奶喝光。米金德接过那个空瓶，又用吸管戳破一瓶新的递给王微。王微接过酸奶歉意地一笑，说我真能喝，都这么大了，还像个孩子喜欢喝酸奶。哎，金德，你的记性真好，好多同学都不记得我爱喝酸奶了，你还记得。

米金德嘿嘿地笑了一下，说我一直都惦记着你，听说你离了？王微说早离了。米金德说听说是因为他不能让你怀孩子？王微把吸管从嘴里拉出来，说谁跟你说的？米金德说同学们都这么说。王微坐到沙发上拼命地喝着酸奶，喝到最后空瓶里发出嚯嚯的声音。米金德说要不要再来一瓶？王微把空瓶丢到茶几上，说同学们都知道了吗？他们是不是在笑话我？米金德说没有人笑话你，大家都很同情你。王微说我过得很好，不需要他们同情。米金德坐到王微的对面，拿起那个王微丢在茶几上的空瓶子捏来捏去，说我老婆一直不想生孩子，我让她打了三次胎。每打一次胎她就骂我是一头公牛。王微撇一下嘴巴，说算了吧，金德，你也能算是一头公牛？公牛我见多了，如果你是一头公牛，那也是骗过的。米金德说王微你别把人看扁了，你怎么知道我是骗过的？王微突然大笑起来，手在空中不停地打着，说金德，你真幽默。米金德看着王微嘿嘿地傻笑。笑了一会儿，米金德说我的顶头上司跟我的一个女同事好上了，有一天我在那个女同事的胸口比画了一下，他就拿我去饱饱地训了一顿，而且还当着我的面跟那个女的亲嘴。王微说你们的领导怎么这么坏？米金德说你说他这是不是欺负人？王微说当然是欺负人啦。米金德说那你说我该怎么办？王微说如果我是你，我就去把那个女的夺过来。米金德摇摇头说，你把我当什么人了？王微说你不是那样的人，那你为什么要在她的胸口比画？米金德说平时我们喜欢开玩笑，她还摸过我的头呢。她能摸我的头，我为什么就不能那么比画一下？王微哈哈哈地大笑，说既然是开玩笑，你还在那么认真？米金德说关键是她把我给卖了，她跟领导说我摸了她的胸口。王微说你摸了没有？米金德说绝对没有，我可以对天发誓。王微说那你就找个机会真摸她一下，这样你的心理就平衡了。米金德说他们都已经好上了，我怎么还敢摸她？王微说那你认了呗。米金德说我可真冤啊。

　　他们正聊着，屋角的电话响了。王微走过去接了一个电话，然后走回来站在米金德的面前说，哎，金德，你看看，我是不是胖了？米金德说这样不是更有弹性吗？王微把手举过头顶，在米金德的面前转了一圈，说别开玩笑了，你说我是不是胖得很难看？米金德偏着头看了一会儿王微，说你的衣服很宽松，我看不出来。王微转身朝卧室噔噔噔地走去，说我买了好多高档服装，现在都窄了，你帮我看看。

米金德的目光跟着王微走进卧室。王微没有掩门，当着米金德把那件宽松的衣服脱下来，光着身子在衣柜里找时装。米金德的眼睛被王微白晃晃的身体一下照亮，就连卧室也亮堂起来。米金德扑到门边望着卧室，嘴巴不停地做着吞咽状，像是很饥饿的样子。王微拿起一条裙子，挡在自己的胸前，转过身对着米金德说，这件怎么样？你帮我看看，这件裙子怎么样？米金德手扶门框把头伸进卧室。王微说你进来看吧，别站在那里像一头长颈鹿似的。米金德缩了缩脖子走进卧室，站在王微的面前看着那条裙子说，不怎的。王微把裙子拿开，挂到衣柜里，又弯腰在里面找着。这时米金德的眼珠子快要跳出了眼眶，他睁大眼睛在王微的身上扫来扫去，说我怎么也想不通，这么好的身体，怎么会怀不上孩子？王微从衣柜里又拿出一条裙子，在胸前比画着说，这条呢？这条裙子怎么样？米金德答非所问，说这么好的身子怀不上孩子，问题一定出在男人身上。王微说讨厌，到底怎么样，这条裙子？米金德说挺好的。王微把裙子套到身上，在穿衣镜前转了两圈，自己觉得也挺满意，就从卧室走了出去。

米金德跟着她走出来，说王微，我们能不能聊聊？王微说我们不是正在聊吗？米金德说他们都有小蜜，就连差不多退休的朱子良都有小蜜。我老婆说现在的男人有一个把小蜜算不了什么，她说只有像我这样没本事的男人才没小蜜。王微说如果我是你，就找一个给他们看看。米金德说我也是这么想的，人家有，我为什么不能有？王微说那你找一个呗。米金德用手从身后搂住王微，说你在没有试装之前，我一直不知道找谁。但是刚才你一试装，我就下定决心要找你。王微被米金德的这个举动逗得大笑。她把米金德的手拿开，说别说笑话了。米金德被王微拒绝之后，脸像涂了红墨水突然全红了，就连脖子也没有白的地方。他支支吾吾地说我不是说笑话，我是真的，你不知道我说出这句话来费了多大的力气。王微说这也太快了吧。

　　王微坐在沙发上，米金德低头坐到王微的对面一声不吭。王微说生气了？米金德说王微，你是不是觉得我特别可笑？我这样做，你会不会看不起我？王微说我们已经十年不见面了，我只是感到有些突然。米金德说你不会笑话我吧？王微说怎么会呢？哎，金德，你能帮我办件事吗？米金德说什么事？王微说你能不能帮我妈找一份工作？米金德略略有些惊讶，说你妈还没退休吗？王微说退了，但是她不服老，认为她还能工作。米金德说她是干什么的？王微说她干了几十年的校对，她一看见错别字就想工作。米金德说这得找找出版社或报刊社，看看他们需不需要校对人员。王微说我一个单身女人，求别人不太方便，我怕他们误会。米金德说你要是去求他们，他们肯定会有想法，你就别去求他们了。王微对着米金德抛了一个媚眼，说那这事就拜托你了。米金德说我帮你试试。

米金德拿着王微母亲的简历和照片跑了好几个单位，找了一大串朋友都没有为她老人家找到一份工作。米金德感到很失败，没脸去见王微。他坐在办公室里拿着一沓别人散发给他的名片无聊地翻阅着，想：我真没本事，这么一点儿鸡毛蒜皮的事都办不成，王微一定不理我了。但是像是有什么感应似的，米金德的呼机突然响了起来。他低头一看，竟然是王微的传呼。他拿起话筒给王微回了一个电话。他说王微，真对不起，我没给你妈找到工作。王微说我呼你不是这个意思。米金德说那是什么意思？王微说今晚我想去做美容，你能不能陪陪我？米金德说就是打着灯笼也找不到这么好的事情。王微在电话的那头咯咯地笑起来。

王微和米金德打一辆的来到一家美容院。王微躺在床上让一位小姐给她按摩脸部，米金德坐在一旁陪王微说话。米金德说我没把你的事情办好。王微说我还以为你混得不错，没想到这么一点儿小事就把你难住了。米金德说现在到处都在裁员，要找个工作没那么容易。王微说是吗？那我怎么打一个电话就找到了。米金德说你帮你妈找到工作了？王微说你不给我打电话，我就知道你没戏了。米金德尴尬地笑笑，说你真有本事。王微说其实我是随便跟你说说，不是非要你找到工作不可，我又没怪你，干吗不来找我？米金德说我一直想帮你，没想到让你见笑了。王微说你真想帮我吗？米金德说希望你能再给我一个机会。王微说那现在我就把机会给你，你到总台去把我今年的美容费交了。

米金德说了一句好的，从凳子上站起来走出去。他来到总台打听，王微的全年美容费是三千多元。好在今天他带了一些钱，要不然就没面子了。他掏钱的时候，手在口袋里犹豫了一下，但是他还是咬咬牙把钱掏了出来。收银员接过钱，递给他一张发票。他拿着那张发票看了老半天，心口痛了好久。痛过之后，他把发票揣进怀里，还用手按了按。他想只要交了这三千元，想办的事估计也差不多了。

王微做完美容，米金德打的送她回家。的士停在楼下，王微从车里钻出来，米金德也跟着钻出来。王微说你钻出来干吗？米金德说我想上去坐坐。王微说太晚了，改日吧。米金德说你就这样把我打发了？王微在米金德的脸上飞快地亲了一口，说乖，听话。米金德用手捂住王微亲过的地方，呆呆地站在那里，心里涌起一阵说不出的狂喜。王微转身跑进楼梯，快步朝楼上走去。米金德听着王微的脚步一层一层地上去，直到他再也听不到脚步，直到他看见王微的灯亮了，才恋恋不舍地离开。他带着一种狂喜的心情来到马路上，走着走着，他禁不住飞奔起来。

米金德拍拍办公桌，朱子良把头从呼机上抬起来。米金德压低嗓门，很神秘地说老朱，你今晚有没有空？朱子良说你要干什么？米金德说我想请你吃饭。朱子良先是惊讶，紧接着就笑，他笑得眼睛眯成一条缝。他说金德，你中奖了？米金德得意地摇摇头。朱子良说我跟你共事十几年，这还是头一次听到你说请客。朱子良说这话时声调有些高，办公室的同事都扭头看着他们。米金德对着朱子良做了一个鬼脸，在稿子上写了一行字，举起来让朱子良看。朱子良看见米金德的手里举着十一个字：我想让你见见我的女朋友。朱子良也写了一行字举起来：什么时候有的？上床了吗？米金德看了一眼朱子良手里的字，在稿纸写道：刚交上的，上了。他把这行字举起来递到朱子良的面前。朱子良看了一眼，向米金德竖起大拇指。米金德把那张纸久久地举着，让朱子良多看它几遍，生怕他没记住。

　　除了朱子良，米金德还喊了另外几个同事。他们跟着米金德浩浩荡荡地来到饭店的包厢。王微还没到，同事们似乎要狠狠地宰一次米金德，纷纷抢着点菜。他们点了一些野味，最后大家还一致同意点一只龙虾。他们点菜的时候根本不征求米金德的意见，好像请客的不是米金德而是他们。他们每点一样菜，米金德的心里就抽搐一下，心里一抽搐脸部也跟着抽搐，搞得他脸部的肌肉一跳一跳的。等大家点完菜，米金德的脸都已经跳得不像脸了，惨白而且扭曲。等待上菜的时间，大家开始调戏米金德。他们说金德，一个晚上能来几次？米金德嘿嘿地傻笑着，那绝对是一种一个晚上能来四五次的表情。有人偏要米金德说出确切的数字，不停地追问米金德到底多少次。米金德仍是笑而不答，弄得同事们羡慕不已。他们不停地感叹：金德，想不到你这么厉害。米金德的脸上挂满了幸福。他的表情跟那些不断端上来的野味和龙虾交织在一起，人们经不住这种气氛的诱惑，还没等王微出现就开吃。

包厢的门推开，王微提着一个小包，穿着一套深色的裙子站在门口。米金德站起来，对着王微点头说来了。所有正在埋头吃着的人们啊全都抬起头，用怪异的目光看着王微。有人指指米金德身边的那个空位。王微走到米金德身边坐下朝诸位点点头。朱子良说小王，金德都跟我说了，我真羡慕你们啊。王微有些莫名其妙，说你羡慕我们什么？我们不过是同学，有什么好羡慕的？有人说恐怕不只是同学吧？王微对米金德说你是不是跟他们吹牛了？我们不是同学又是什么？全桌人哄堂大笑，而且笑得十分暧昧。王微避开他们色迷迷的目光，看着餐桌上的那些菜，原本想笑的脸色沉了下去。她气呼呼地站起来，说你们笑什么？这有什么好笑的？说完她提着小包一摇一摆地走出去。同事们都看着王微宽大的臀部浪笑，朱子良沿用他的老习惯，指了指王微的臀部竖起大拇指向米金德表示崇高的敬意。米金德发觉王微生气了，惶惑不安地站起来对着王微走出的背影说，哎，你怎么走了？王微没有回头，只留给大家一个生气的背影。

王微出了饭店大门，拦住一辆的士钻

进去。米金德追到的士门前，说王微，今晚这宴席是为你摆的，你怎么走了？王微说上车说话吧。米金德钻进的士。王微叫司机把车开走。米金德说你怎么连我一起拉走了？他们还等着我回去喝酒呢。王微发出一声冷笑，说你挺阔气的，点了那么多野味，竟然还点了龙虾。米金德说都是他们点的。王微说他们点的就让他们埋单，你跟我回去。米金德说这怎么行，说好了我请客。王微说知道这一桌要花多少钱吗？米金德说不知道。王微说至少三千多。你就那么有钱？米金德说我也想不到他们点得那么狠。但是我这样跑了，他们会怎么说我？我还怎么做人？王微说别管那么多，先逃过这三千再说。米金德沉默了一会儿，说师傅停停车，我要下去。车速明显减慢，王微瞪了一眼司机，说别听他的，别停。车子往前一蹿又快了起来。米金德说王微，你这不是断了我的前途吗？我求你让我下去，三千就三千，我认了。王微对司机说停停停。司机把车停在马路边，王微说你滚蛋吧，今后不要再来找我。米金德打开车门，看见王微动真格的就没敢下去。他犹豫一会儿，把车门重重地碰回来。

米金德跟着王微回到家，仿佛还惊魂未定。王微给米金德倒一杯茶，说你先压压惊，我得运动运动。米金德坐在沙发上喝茶，王微穿一套健美服跟着电视里的一位健美老师跳减肥操。米金德看见那套健美服深深地勒进王微的肉里，凡是健美服没勒着的地方，白嫩的肥肉一个劲地往外冒。王微每跳一下，她那些多余的肉就像硅胶一样在皮肤里滑动，特别是胸部，别提有多调皮了，就像两只小兔子在她的身上奔跑。米金德看得一愣一愣的，把杯子的热茶全泼洒在自己的裤子上。但是好景不长，他的呼机突然响了起来，那是饭店里的那帮同事呼的。米金德站起来想复机，正在跳着的王微用手势制止他。米金德不得不又坐下。他刚一坐下，呼机又响了起来，一声接着一声，似乎是不把他的呼机弄爆炸了誓不罢休。米金德被呼机搞得坐立不安，一会儿站一会儿坐。王微说你能不能把它关了？米金德说我想给他们复个机，解释解释。王微气呼呼地走过来，夺过米金德的呼机把它关掉。米金德的目光在王微正冒着热气的鼓囊囊的胸部游荡了一会儿，一头扑进王微的怀里。他感到自己就像王微身上的热气快要被蒸发了，他只想在蒸发之前像抓救命稻草那样在王微的身上抓着。

王微被米金德抓痛了，只让米金德在自己的怀里捂了几秒钟就把他推开。米金德硬着头皮还想往王微的怀里撞。王微双手护住自己的胸口，说你有钱也不能这样花，三千块钱请他们吃一顿值得吗？如果你想花钱，还不如给我这套房子重新装修装修。米金德在房子里走了一圈，说重新装修大约要花多少钱？王微举起一个巴掌，说不多，五万。米金德说这房子不是挺好的吗？装修它干吗？王微说你难道不想住得舒服一点儿吗？

米金德的心里被王微的这句话撩拨得痒痒的，他说让我试试吧。

这个晚上，米金德睁着眼睛躺在赵然的身边翻来覆去。他想：我原本只是想试试能不能像普超那样，能不能像老朱那样，眼看我就要像他们那样了，只差一步我就像他们那样了，但是没想到王微会跟我来这一手，五万元，我去哪里找五万元？原来干这种事情没相当数量的经济基础还不行。但是老朱他会有五万吗？老朱怎么会舍得花五万元？只能说老朱的运气比我好，他一定是找到了一个物美价廉的。可是王微她怎么连一点儿感情都不讲？她就那么值钱吗？值得我去为她花那么多钱吗？米金德，你就算了吧，你就赶快收手吧。这么漫无边际地想着，米金德叹了一口气。

赵然说你唉声叹气是不是哪儿不舒服？米金德说没什么，我只是想想事情。赵然翻了一个身，说有件事我差点儿忘记告诉你了。米金德说什么事？赵然说你的一个同事给我打了一个电话，说你在外面有女人了。米金德警觉地坐起来，说是谁说的？赵然说你紧张什么，我根本就没信他，说别的还像人话，说你在外面有女人，凭什么？那不是作践你吗？米金德说我的那些同事都很坏，他们唯恐天下不乱，经常故意作弄人。他们想叫我请客，我没请他们，他们就故意打电话给你。米金德不停地解释。赵然根本就没听，她在米金德的说话声中睡去了。米金德松了一口气，想：难道我连让赵然怀疑的条件都不具备吗？难道我真的在外面就找不到个把女人吗？一股苍凉浮上米金德的心头，他突然明白原来自己是这么不重要。

第二天早晨，米金德早早地来到办公室，把地板扫了把开水打了把所有同事的办公桌全都抹干净了，同事们才陆续到来。每一个人进来的时候，米金德都朝他们点点头，但是他们都故意不看米金德，不跟他打招呼，就连头也不跟他点。他们好像商量好了似的，全都挂着一副看不起他的表情。米金德知道这是昨晚没去埋单带来的恶果。

如此沉默了几天，同事们渐渐地把请客的事淡忘了。米金德一直没敢跟王微联系，但是王微还一直装在他的脑海里。一天中午临下班的时候，无聊的米金德拿着一盒别针玩弄，由于他心不在焉，那盒别针掉到了办公桌下，别针散落一地。米金德蹲下去慢慢地捡那些别针。刚好这时下班的铃声响了，同事们纷纷走出去，办公室里只剩下朱子良和小元。朱子良把头从呼机上抬起来，扫了一眼办公室，没有看见蹲在办公桌下捡别针的米金德，只看见跟他背对背的正在关电脑的小元。朱子良就说怎么都走了？小元说下班了。朱子良说我怎么没听到铃声？小元笑了一下，说那是因为你对工作太投入了。朱子良把椅子转过去面对小元说，小元，交男朋友了吗？小元说干吗问这个？朱子良说别浪费时间了，我要是你就赶快交朋友，要不然老了后悔莫及。小元谦逊地笑笑，说我才不急呢。朱子良不解地摇摇头，说你会后悔的。小元说我才不后悔呢。朱子良的身子往小元的身边略微倾斜说，知道吗，就连米金德都有情妇了，你怎么还不找男朋友？小元突然大笑起来，说你说什么？米金德有情妇了？你是不是搞错了？像米金德那样的男人也会有女人喜欢？朱子良说有，我见过那个女人，长得挺丰满的。小元说那女人不是白痴就是神经病。

小元嘻嘻哈哈地走出办公室，朱子良跟着她走出去。办公室的门被他们关上。一直憋在桌下的米金德满腔怒火地站起来，他的头咚的一声撞到办公桌上，瞬息起了一个小包。他摸着头上的小包生了一会儿闷气，然后抓起话筒给王微打了一个电话。他说王微，我要见你。

米金德请了半天事假，专门在家找赵然收藏起来的定期存折。他把家翻了个底朝天，最后在一个瓷瓶里找到了它们。他把存折拿出来数数，一共三张。三张存折加起来也还是一个可怜的数字，米金德的心突然软了。他从三张中抽出一张放进自己的衣兜，其余的两张放回原处。

王微也请了事假在家等米金德。她在等待的过程中对自己进行了一番精心的打扮，还画了口红，吹了发型。做完这一切，米金德还没出现，她开始有些期盼了。当米金德怀揣着那张存折出现在她面前时，她显得空前绝后的兴奋。她双手抓住米金德的膀子，在米金德的脸上亲了一口，说钱带来了吗？米金德惭愧地从衣兜里掏出一张存折递给王微，说我就这么一点儿，离你的要求还很远，但我实在是找不出更多的钱了。王微接过存折扫了一眼，说一万元，这么点儿钱你也拿得出手？我就那么便宜？米金德尴尬地笑着，不停地用手抓着自己的头皮，好像能从头皮上抓出钱来。王微拿着那张存折挥舞着，说金德，你也太没本事了，这么多年，就混了这么一点儿钱？你连五万都拿不出，我真是把你想得太有能耐了。米金德的脸被王微说得一点儿一点儿地热，最后变得热辣热辣的。米金德说除了工资，我没有别的收入，在钱这方面我一直都不太在行。王微说既然没有钱，还想入非非干什么？好好地陪老婆不就得了。我还以为凡是想入非非的人手里头都有花不完的钱呢。米金德说我一直没敢来见你，就是因为离你的要求还差得太远。我想这点钱肯定不能解决什么问题，但是它是我的一点儿心意。你不能因为这么一点儿钱把自己卖了，我也不能因为这么一点儿钱就指望你能成为我的什么人。你刚才这么一说，我就不敢再想入非非了。我只是想，如果你方便的话，每天路过我们办公室的时候，弯进去跟我说说话，打一声招呼，让他们都知道你是我的朋友。在不损害你形象的情况下，你是不是故意做得亲热一点儿？让他们都知道我米金德也还是有人关心的，甚至于是有人爱的。王微说你就这么一点儿要求吗？米金德说就这么一点儿要求，如果你嫌烦的话，那就给我打打电话，打打电话我就知足了。王微伸手像摸孩子那样在米金德的头上摸了一把，眼眶里噙满泪花。她说金德，我想不到你这么可怜。我真的想不到……王微把存折还给米金德。米金德执意不收。王微说我不缺这一万元，你拿回去吧。米金德说你要装修房子，这是我的一点儿心意，真的它是我的一点儿心意，不带任何不健康的想法。你不收下就是看不起我。王微把存折收回去，说那我就先替你保管着，金德，其实我不是贪你的钱，我误解你了，我以为你也像别的男人那样，手里头有花不完的闲钱。米金德笑笑，说面包会有的。王微在米金德的脸上亲了一口，说金德，原来你还懂幽默。

这之后，米金德再也没来找王微。王微也没给米金德打电话。米金德每天都坐在办公室里写材料，填各种各样填也填不完的表格。半年过去了，他想：也许这一辈子我再也不会去找王微了。一天上午，米金德正在埋头填表，办公室的门突然推开。有人叫道：米金德，找你的。米金德抬起头，看见王微怀抱着一束玫瑰，笑眯眯地从门口一步一步地向自己靠近。米金德在同事们五彩缤纷的目光中站起来，他被那个笑容和那一大束鲜红的玫瑰迷醉了。那个笑容和那束鲜花在他的眼里渐渐地模糊，他的身子摇晃起来，激动得想晕过去。但是他用手撑住桌子，告诉自己一定要坚持住。王微走到他面前，把鲜花放到他的桌上，看见他闭着眼睛，说你怎么了，金德？米金德说没什么，王微，我只是有点儿头晕。王微伸手摸摸他的额头。米金德坐到椅子上，说谢谢你来看我。王微的脸上堆满笑容。她把笑容近距离地呈现在米金德的面前。米金德想：从来没有人这么对我笑过，从来没有。

王微跟米金德说了一会儿话，摆摆手走出办公室。她走出去的时候，办公室里响起了一阵兴奋的嘘嘘声，就像足球场上踢进球时的那种嘘嘘声。这声音给了米金德莫大的安慰。

冬天就要开始了。在这个季节更替的星期天，赵然待在家里清洗衣物。米金德站在阳台上浇花。赵然是个细心的人，她在把每一件有口袋的衣物丢进洗衣机之前，都要搜一搜口袋。当她搜查米金德的一条西裤时，从里面搜出了一张发票。她拿着那张发票看了看，发现是一张美容发票，上面写着王微的名字。赵然把米金德的西裤摔到地板上，对着阳台喊：米金德，这是什么？

米金德听到喊声，丢下洒水壶从阳台跑到客厅。赵然拿着那张发票在他的面前晃了晃，说米金德，原来你在外面真养女人了。米金德看着那张发票吓得全身像筛糠一样。他说这是一个误会，我没有养什么女人。赵然说那这个王微是什么人？米金德说她是我的同学。我们只是一般的朋友。赵然说一般朋友怎么会帮她交美容费？米金德说当时她没带钱，我先帮她垫上。赵然说那这钱她还了没有？米金德说还没有。赵然说你把我给你的存折让我看看。米金德把手伸进衣兜捏着那本存折，犹豫着没敢拿出来。赵然一跺脚说，你拿出来让我看看。米金德拿出存折递给赵然。赵然打开存折一看，脸上立即黑了。她把存折砸在米金德的头上，说你这个骗子，几千块钱全花光了，你还说没养女人。米金德低头不语。赵然对他大声喊道：离婚，我要离婚。米金德说赵然，尽管我花了一些钱，但是我还是爱你的。我求你别离。赵然说爱我干吗还在外面养小？米金德说我跟她只是朋友关系，我们又没有做出什么见不得人的事情。我是爱你的。赵然说谁还相信你的鬼话。这么多年来，我没有甩你是以为你诚实，以为你没什么本事，不会有什么非分之想。哪知道你这么一个愣头愣脑的人，竟然还背着我干这种事。现在你连诚实都没有了，我还爱你什么？米金德说你知道我没本事，干吗还怀疑我？赵然说铁证如山，我还能不怀疑吗？米金德说但是我真的没跟她干什么。我从来就没想到过要和你离婚。你在瓷瓶里收了三张定期存折，我只拿走了一张。我要是不爱你的话，我怎么会才拿走一张？赵然扑向电视柜，拿起那个装存折的瓷瓶砸到地板上，瓷瓶破烂了，两张定期存折飘出来。赵然抓起存折，说你竟然连定期都拿去给她了，你这个千刀万剐的。米金德看着那些破碎的尖利的瓷片，心里掠过一阵快意。他想：我也许要跪到那上面，才能对得起我的过错。他的双腿一软跑到瓷片上。赵然哭着冲进卧室，嘭的一声关上门。

赵然在卧室里哭了一场，哭够了哭累了哭得要上卫生间了才从里面出来。她看见米金德还跪在瓷片上，他的膝盖被瓷片戳穿有殷红的血渗透裤子流到地板上。赵然说活该。说完活该，她又说这是何苦呢？反正要离，你跪多久都没有用。你还不如把王微的照片拿给我看看，我倒要看看她长得怎么样。疼痛难挨的米金德顺着这个台阶从瓷片上艰难地站起来，身子晃了一下。赵然看见他的膝盖全红了。

米金德站了一会儿，一摇一晃地走到书柜前拿出一本相册，然后又一摇一晃地走到赵然的身边。他翻开相册指指里面的一个人说这是王微，我们只是同学，我们只是朋友，我们什么都没干。赵然看看相片上的王微说，米金德，这么多年来我对你好不好？米金德说好。赵然说我长得比不比王微漂亮？米金德说你比她漂亮。赵然把相册高高地举起来狠狠地掷到地板上，提高嗓门说那你干吗还要找她？你干吗不找一个比你老婆强的？你看看她长什么样子？你这不是寒碜你老婆吗？米金德哀求道，我只想学学普超，学学朱子良，但是我只学了一点儿皮毛。除了接吻，我和她什么也没干，我可以对天发誓。赵然说这就够了。你发多少誓都没用了。我们离吧。米金德说如果这样就离了，我真是冤枉啊。

赵然和米金德真的就离了。离婚那天，米金德的嘴里不停地喊着冤枉啊冤枉。

　　离婚之后的若干天，米金德在办公室的走廊上碰上普超。普超拍拍他的肩膀用赞赏的口吻说米金德，不错。米金德发出一声苦笑，想：他是说我的工作不错呢或是说其他方面不错？普超拍完米金德的肩膀就往前走。米金德追了几步，说主任，我想问一个问题。普超停下来，说什么问题？米金德说难道你就不怕你夫人发现吗？普超说怎么会被发现？有本事玩就有本事不让她发现。米金德百思不得其解。普超得意地笑笑，继续往前走。米金德站在长长的走廊上想：我还真是一个没有本事的人，我和王微什么也没干，就把家庭给破坏了。人家干了那么多，家庭还是好好的。我真是一个没有本事的人。

　　一个周末的下午，王微打电话给米金德说我的房子装修好了，你过来看看吧。米金

德颇感意外，但是他还是骑着他那辆破烂的
自行车以最快的速度来到王微的楼下，然后
一口气冲进王微家。他看见王微一丝不挂地
站在客厅里在等待他的到来，他的目光顿时
呆了，胆都被吓破了。王微张开双臂拥抱米
金德。米金德的身体像放在冰箱里那样抖动
起来。王微抚摸着米金德，为他宽衣解带。
米金德喘着气用颤抖的声音说，现在就来
吗？王微说你等的不就是这一天吗？米金德
在王微的鼓励下稍微定了定神。两人紧紧拥
抱着一起滚到崭新的木地板上。但是米金德
怎么也想不到，当他期待的这一刻来临的时
候，自己竟然不行了。王微一次一次地鼓励
他，他还是不行。最后弄得王微很恼火，她
踹了米金德一脚，说你滚蛋吧。米金德说给
我一点儿时间，给我一点儿心理准备，我会
行的。王微说你想入非非的，我还以为你很
厉害，没想到原来你不行。你滚吧。你连这
个都不行，还想找什么小蜜。真是的。

　　米金德无地自容地站起来穿好衣服。

王微为他打开门。这一刻他才发现其实王微正如赵然说的那样长得很丑。米金德想：连这么一个丑女人都看不起我，我还有什么想头？他缩了缩脖子，打了一个冷战，看着王微新装修的房子说，你这房子装修得真漂亮。王微说别废话了，你走吧。米金德说真对不起，我也想不到我的身体会是这样。米金德说着走出王微拉开的门。他的脚后跟刚离开，那扇门就响亮地撞过来。米金德无力地靠在铁门上，用手拍拍自己的下身，说老弟，你怎么就这么不争气呢？

送我到仇人的身边

一

　　一天晚上，张洪把他的同学赵构给杀了。出发前张洪在自己租住的房子里磨了半天的刀。那是一把他从别人家里偷来的小尖刀，牛角做的把，上面雕有不少的花草。刀面上有血槽，还有好看的纹路。一个礼拜以来，张洪反复地磨它，使它看上去闪闪发亮，刀刃薄得几乎没有。张洪一边磨它，一边用它来剃胡须，顺便用刀面来做镜子。过去长满络腮胡的张洪，现在脸上刮得干干净净，甚至连手臂上的汗毛也刮得干干净净。

　　当他最后一次磨完这把小刀时，天正好黑了。张洪注意到天黑的时候，就像一个人生气，脸一板就黑了。各种颜色的灯光从各种不同的窗口跑出来，楼外那些叫喊的车辆再也没有力气叫喊。张洪举起刀，对着正在看影碟的兵晓零说我要去杀人了。兵晓零说你就用它去杀人？张洪用鼻子"哼"了一声，把刀藏到裤兜里。

兵晓零从沙发上站起来，走到张洪身边，用双手勾住张洪的脖子，就像一个小孩儿吊在一棵树上。张洪的脖子被勾弯了，他弯下脖子嘴巴碰了一下兵晓零的嘴巴，说我要走了。兵晓零的双手紧紧地缠住张洪的脖子，说我想要。

他们在沙发上做了一次，一直躺到晚间新闻播出时才爬起来。张洪说再不走就来不及了。兵晓零为张洪拉上拉链，扣上纽扣，说我想你。张洪说已经想过了。兵晓零说我还想嘛。张洪说今天你怎么这么烦人？要想，等我回来了再想。兵晓零从药柜里抓出一个小纸包递给张洪，说带上这包毒药，也许会用得上。张洪接过毒药，把它放在上衣口袋。

现在张洪站在一幢镶满瓷砖的楼房前，那把锋利的刀子乖乖地躺在他的裤兜里。闷热的气息悬在他的头顶，遍地都是油漆和塑料味，当然还有沿街叫卖的那种牛杂碎的气味。这幢楼房共有三层，闭上眼睛张洪都看得见里面的布置。楼房对着的路灯已经被他提前打烂，所以这边是昏暗的。远处来往的人影大都模糊不清，只看得见他们肩膀上扛着的长方形的脸，却看不清他们的眼睛和嘴巴。张洪轻轻地朝着楼房一步一步靠近。差不多走到门口了，他才发觉门口还停着一辆轿车。

张洪的目光落在漆成绿色的一楼铁门上，门的右上方有一个长方形的白色门铃按钮。他把手指往按钮上举了几次，最终还是没有往下按。站了一会儿，他往右边走去，灰蒙蒙的身影慢慢地明显，他的脸，他衣服的颜色逐渐地搁到了明亮的灯光里。右边是一溜的商店，他从商店的门前晃过，一直晃过五间商店，停在一口正冒着热气的铁锅前。铁锅里煮着半锅牛杂碎，张洪买了一食品袋，又买了五瓶啤酒提着往回走。往回走的时候，他的身影慢慢地黑了，回到那扇铁门前，身影已经暗得像一团散开的墨水，差不多看不见了，或者说不存在了。他腾出一只模糊的手臂，往门铃上一按。夜晚就像被什么敲了一下，清脆的声音在黑夜里响起来。

二

铁门当啷一声打开，一块长方形的亮光从门框里射出来。赵构穿着一件睡衣站在亮光里，屋子里的灯光照着他的睡衣，睡衣闪闪发亮，一看就知道穿着它的人是一个正在过好生活的人。这个过好生活的人嘴里喷出一声哈欠，身子往上一耸，伸了一个懒腰，说原来是你，我还以为是谁。张洪把食品袋和啤酒举过头顶，像是故意让赵构看见他手里那些不值钱的东西，以此获得进入楼房的机会。不知道是不是牛杂碎的功劳，反正赵构看了一眼食品袋，就从门框里让开了。张洪钻进去。赵构关上铁门，说你怎么突然想起来要跟我喝酒了？张洪说因为我闻到了牛杂碎的味道。

张洪跟着赵构穿过一楼横七竖八的橱柜，再穿过堆满二楼的五颜六色的地毯，爬到三楼的客厅。赵构说你自己喝吧，我打了两天麻将，实在是太困了。张洪坐到餐桌边，把食品袋和啤酒放到餐桌上，说你连牛杂碎都不吃吗？赵构说不吃。张洪的目光跟着赵构的脚后跟走进卧室。赵构翻天躺在床上，卧室的门敞开着。仅仅十几秒钟，张洪就听到了来自卧室的鼾声。张洪觉得赵构的鼾声很好听，听起来就像音乐。他的二郎腿跟着鼾声摇摆起来。在摇摆二郎腿的同时，他没有忘记抓过一瓶啤酒，试图用他那满嘴的黑牙咬开瓶盖。但是一连咬了几下，他都没有把瓶盖咬开，于是偏头看了一眼卧室，从裤兜里掏出那把小刀，往瓶盖上撬。他撬瓶盖的时候，显得很吃力，共撬了五下才把瓶盖撬开。

喝完一瓶啤酒，张洪抹了一把沾满泡沫的嘴巴，藏起小刀走进赵构的卧室。他的目光落在赵构熟睡的脸上。这是一张正在发胖的脸，眉毛还是那么浓黑，嘴角仍然挂着那条细小的疤痕，似笑非笑，好像正有一个好梦罩在他的脸上。他的喉结特别大，如果从那里下手，估计他连叫喊的机会都没有。张洪把手伸进裤兜，紧紧地抓住刀把。他想：我就要下手了，我一刀就把你宰了。张洪感到手心里出了一层汗，牛角刀把被他慢慢地捂热，手背像患了重感冒突然发了高烧。

他把那只发烧的手退出裤兜，拍到赵构的脸上，满以为这一只发烫的巴掌会把赵构烫醒。但是赵构并没有预期地醒来，他想：现在即使是我的手变成烧红的铁块，他也不会醒过来。我还是喊他一下吧。张洪说起来起来。赵构翻了一个身，说，起来干吗？张洪说喝酒。赵构说我要睡觉。赵构刚说完我要睡觉，鼻孔里就喷出一串鼾声。张洪摇晃赵构的膀子，说你不起来，我一个人喝有什么意思？快起来吧。赵构没有回答，鼻孔里又喷出一串鼾声。张洪伸手抓了几下赵构的胳肢窝，赵构的嘴巴再也憋不住了，一连串的笑声冲出嘴巴。

赵构走出卧室，抓起一瓶啤酒，嘴巴轻轻一咬就把瓶盖咬开了。他用手里的酒瓶跟张洪手里的酒瓶碰了一下，一仰脖子一瓶酒就不见了。接着他开始低头吃牛杂碎，看他吃牛杂碎的馋相，就知道他已经一天没吃过东西。牛杂碎把他的头往餐桌上拉，而且愈拉愈低，睡衣的后领在他低头的时候张开一个口子，露出一节又一节的后颈骨。他的整张脸都拱进了食品袋，嚼食的声音比他刚才的笑声还响。他吃得越起劲，张洪就越高兴。张洪说没想到你现在还喜欢吃牛杂碎。如果不够的话，我再下楼去给你买一袋。要不要我再去买一袋？要不要？赵构的额头咚地一声磕在餐桌上，张洪推了一下赵构的膀子，说要不要？赵构的身子斜着倒下去，嘴角冒出一股鲜血。张洪用皮鞋碰了一下赵构的脸，赵构像死鱼一样张开嘴巴，就像是没有水喝实在太干渴那样张开嘴巴。他说张洪，你竟敢对我下毒。张洪跷起二郎腿，把自己那双肮脏透顶的皮鞋悬挂在赵构的脸上晃来晃去。赵构的喉结滑动了一下。赵构说救救我吧，张洪，救救我。你不就是缺钱花吗？为什么不言语一声？如果你言语一声，我会帮助你。你只要不让我死，我会给你很多钱。小玉也可以，如果你喜欢，你也可以拿去。

张洪的脚仍然在晃动，但是他的眼珠子始终向着天花板，好像是天花板在跟他说话，而不是赵构在跟他说话。赵构突然伸出双手抓住张洪的皮鞋，拼命地往下拉，像是要依靠它站起来。皮鞋被赵构拉到嘴巴上，赵构的嘴巴在皮鞋底擦来擦去，嘴角上的血全都擦干净了。他说张洪，只要你救我，你要我舔也行。赵构伸出舌头舔张洪的皮鞋底。他一边舔一边说，张洪，你还记得我嘴角的伤疤吗？那是小时候我帮你打架留下的。你看，它现在还留在我的嘴角。张洪抓过一瓶啤酒慢慢地喝，像一截木头坐在那里，听着赵构微弱的哀求。

赵构抓着皮鞋的手慢慢地松开了，说话的声音也已经低得听不见。他说水，你让我喝上一口水吧。张洪把手里的半瓶啤酒全部倒到赵构的脸上。赵构的嘴巴动了几下，舌头伸了出来。他的舌头一伸出来，就被自己的牙齿紧紧地咬住，再也没能缩回去。只有四个数字像小丑一样蹦出他的牙缝。张洪歪头听着，他听到赵构说7838。

三

这时候张洪听到窗外响起了细微的声音，声音像一个人低声的哭泣，特别像老母亲的哭泣。它持久地悲伤地擦过玻璃，似乎是一只微弱的手，正在用弱小的力气把窗口打开，想从那里钻进来，邀请张洪跟它一起哭。但是这种想哭的念头只一闪，就从张洪的胸口消失了。张洪竖着耳朵听了一会儿，拉开客厅的玻璃窗，雨点像鞭子一样从窗外扑打他的脸。天突然下雨了，就在赵构倒下去的那一刻下雨了。张洪让雨淋了一会儿，把头缩回来，脸上全是雨水。他抬起已经冰凉的手掌在眼角抹了一把，他想：这是雨，不是泪，赵构，我向你保证这绝对是雨。我怎么会哭呢？笑还差不多。他突然想笑，但是他动了动脸上的肌肉，肌肉像经过水泥板结过似的一动不动，无论是哭或者是笑，他要做起来都已经不那么容易了。

张洪跑到二楼拿了一块绿色的地毯裹住赵构的身体。赵构的身体抽搐了一下，嘴里"哼"了一声。张洪用手掌贴了一下赵构的脸，感觉赵构的脸比自己的手还热。他还没死。张洪用地毯堵住赵构仍在流血的嘴巴，一直堵到他认为赵构已经完全死了才松手。窗外的哭声越来越大，张洪跑进卧室，用赵构临死前告诉他的密码，打开保险箱。他看见20扎香气扑鼻的崭新的人民币，整齐地码在保险箱里。他把箱里的钱全部扒到浅红色的地毯上。

一个月前，张洪已经观察到这幢楼房左边的两百米处，有一个下水道的铁盖。他早就决定把赵构的尸体从那里丢下去。现在他扛着赵构的尸体，出了铁门沿着墙根往左走。他感到有一个人一直跟在身后，但是扭头一看，身后什么也没有，只有雨水淋在他的头上。雨水愈来愈猛烈，像有人拿着水龙头往他的头上射。他往前走，水龙头射出来的水跟着他往前走。他停下来，水龙头的水也停下来。他伸长一只手臂，发现落在手臂上的雨点大，落在手指尖的雨点小，也就是说半米之外落的是毛毛细雨，而以他为圆心的半米之内却大雨瓢泼。那么说是有一团雨一直跟着我，难道这雨是赵构家的亲戚吗？

张洪来到铁盖边，丢下赵构的尸体，从旁边拿出一根事先准备好的铁条，撬下水道的铁盖。铁盖被周围的水泥紧紧地咬着，张洪围着它撬了一圈也没法撬开。大雨一直罩着他，他的嘴里已经吃进去不少的雨水，包括夹杂在雨水里的汗水。又撬了半个小时，张洪感到有点儿累，一屁股坐到地上，他的衣服裤子被泥巴全染成了黑色，地上的积雨从他的屁股边流过。他默默地坐着，像是在寻找办法。终于他从地上爬起来了，可能是想到办法了。他扛着赵构的尸体往回走，把赵构丢到轿车的后厢里。

张洪开着赵构的车冒雨来到郊外的一个工地，那里的楼房只起到一半就停下来了。在主建筑的周围，搭建了一排排工棚，现在敞开着，里面没有人，连一个看守都没有。张洪把赵构的尸体从车的后厢扛下来，一直扛进一间原先装水泥的棚子。棚子的一角还堆着一些零散的水泥，他捡起一把废弃的铁锹，把赵构埋到水泥里，然后再拍紧那些水泥，然后再拍拍手，再换了一套从赵构家里带出来的衣服。穿好衣服，他看了一眼夜色里的工地，估计工地很荒凉。雨小了，有一股风吹起他的衣襟。他掖好衣襟，开车离开。

四

张洪提着一大袋钱打开他的房门，对着客厅喊晓零，我们结婚吧，现在我有钱了，我们结婚吧。平时兵晓零总是睡在沙发上等他回来，但是张洪看了一眼沙发，沙发上空空荡荡，电视机却开着。张洪踢开卫生间的门，卫生间只有一盏亮着的灯。张洪关掉卫生间里的电灯，扭开卧室的门。卧室里也没有兵晓零。那么她会到哪里去？张洪把装钱的包丢到沙发上，用电话呼兵晓零。他一连呼了十次，兵晓零都没复机。这么说她是跑了，她为什么要跑呢？不是说好了只要我一有钱，就跟我结婚吗？

从这个晚上开始，窗外一直刮着大风。两天之后，张洪还没有一点儿兵晓零的消息，他确信兵晓零已经把自己给甩了。我都已经为她去杀人了，她竟然还把我给甩了。张洪操起一张木凳，对着电视机砸过去。电视机破碎了。他捡起凳子朝着墙上的一面镜子砸去。镜子也破碎了。他又一次捡起木凳，寻找下一个可砸的目标。但是他的胸口突然沉了一下，觉得砸东西又有什么用？反正兵晓零又不会看见。除非是把她宰了，否则砸多少东西都不解我心头之恨。张洪放下手里的凳子，慢慢地冷静下来，目光落到那一口袋钱上。他突然不知道这些钱，除了结婚还能用来干什么。我已经好久没有回家去看望妈妈了。

张洪提着钱，离开自己的住所，朝他妈妈家的方向走。街道两旁的路树被风折断了不少，树枝散落在路上。一些广告牌已经挪动了位置，不是砸在地上，就是吊在楼房的半腰，欲坠不坠，甚至有一根电杆都被风吹弯了。

敲开妈妈的家门，张洪看见妈妈的头

发又白了不少。妈妈说你来啦。张洪说来啦。妈妈说吃饭了吗？张洪说吃了。妈妈说要不要我做一盘红烧豆腐给你吃，你已经好久没吃我做的红烧豆腐了。张洪说不用，我已经吃过了。张洪拉开提包的拉链，从里面抓出五扎崭新的人民币，递给妈妈。妈妈惊叫一声，差一点儿就跌到地板上。她走到提包边，扒开提包，看见里面还有十几扎人民币，说你从哪里弄来那么多钱？张洪说你不用管，拿去花就是了。妈妈说是不是偷的？你的这个毛病怎么老是不改？张洪说不是偷的。妈妈说那么，是抢的？张洪说也不是。妈妈说那是从哪里弄来的？张洪说我把赵构给杀了。妈妈吐了一口白沫，倒到地上，像一只还没有完全被杀死的鸡动弹着。张洪看着妈妈在木地板上动弹，也没有过去扶她一把。妈妈从提包边弹到房门边，嘴里一直没有发出声音，直到把一只热水瓶弹倒，滚烫的热水全部淋到她的大腿上，她才发出声音。声音很细，准确地说是呜咽。张洪想一定是开水把她烫痛了，她才发出这样的声音。

妈妈捂着烫伤的腿站起来，试着往沙发边走。但是她的腿被烫瘸了，只走了两步就又跌倒在地板上。本来张洪可以扶她一把，但是张洪没有扶，他眼睁睁地看着妈妈爬到沙发上。妈妈说你快离开这里吧，离得越远越好，我再也不想见你。张洪像是没有听见，坐在木地板上看着妈妈。妈妈突然从沙发上跳起来，动作敏捷，像是根本没有被烫伤。她推了张洪一把，说听见了吗？你快点离开这里。张洪被推出门外，妈妈把装钱的提包塞到他的手里。门板嘭的一声合上，张洪被关到外面。他推了一下门板，门板纹丝不动。他听到门板里的妈妈说这几天在刮台风，你一路上要小心。张洪想：假惺惺，都是假惺惺的，把我推出门的时候，刚刚被烫伤的腿怎么一点儿也不瘸了，也不痛了。

张洪踢了一脚门板，转身走向大街。突然他对那个工棚有点儿不放心，于是打了一辆的士，来到郊区工地。他看见那些工棚全部被台风掀翻了，有的被吹出去好几十米。覆盖赵构的水泥已经吹开，赵构直挺挺地躺在那里，就像是睡午觉。张洪想：这样的台风已经好几十年没刮了，它早不刮晚不刮，偏偏这个时候刮，如果迟来一步，就完蛋啦。张洪用一块油毛毡盖住赵构，说赵构，你就暂时委屈一下，晚上我再给你找个地方。盖好赵构，张洪观察了一下周围的地形。他发现这个工地离那条河流不过几百米远。他朝着河流走去，一边走一边回头看赵构。

五

傍晚，张洪扛着一把新买的铁锹来到河边，太阳还没有落下去，他就坐在河边看太阳。他已经有二十几年没有这么认真地看过太阳了。怎么看，那个太阳都像一个步履蹒跚的老头，走了好久都没有走下去。远处的桥梁上车来车往，喇叭声从来没有今天这么刺耳。河岸边有几个人在钓鱼，一群孩子赤身裸体浮在水面上，他们的皮肤被太阳晒得黑黑的。坐了一会儿，张洪用铁锹开始在河岸边挖起来。他要挖一个长一米七六，宽一米的土坑。为了对得起赵构，他决定把这个坑挖得深一点儿。

他从来没有干过这种体力活，可以说从生下来到现在他都没有干过。只挖了一会儿，他的额头上就冒出了汗珠，手板里起了几个血泡。五个游泳的孩子爬上岸，赤身裸体地站在旁边看他挖坑。张洪对他们说，你们能不能帮我挖一个坑？孩子们相互看了一下。张洪说只要你们帮我挖，我给你们每人一百块钱。大的那个孩子接过张洪手里的铁锹，挖了起来。看得出他们都是郊区的孩子，是那些菜农的孩子，他们都干过体力活，挖起坑来有板有眼，一点儿也不费劲。那个孩子挖了一阵，把铁锹递给第二个孩子，第二个孩子接着挖。等五个孩子全都挖了一次，张洪想要的坑已经摆在他的面前。他从裤兜里掏出五百块钱，分别递给他们。

他们轰的一下就跑开了，像是害怕钱似的。跑了一下，他们停在十米之外的地方，回头对张洪说这是我们应该做的。他们每个人说了一次这是我们应该做的。张洪想：这一定是他们的老师教他们的，小时候，莫老师也曾经这样教过我。可是他们不知道，挖这个坑是用来做什么的。他们连问都不问，也许那几个钓鱼的会问。

河面上的那些光线一下就不见了，树冠最先黑了起来。钓鱼的人先后收了鱼竿，从张洪的身边走过。他们看了一眼土坑，也不问张洪挖这个坑来干什么。他们板着脸连问都不问。他们再不问，我就要说了。张洪看着他们背着鱼竿，从土坎上爬上去。他们手提的网兜里装着几只半死不活的鱼。张洪用目光丈量一下土坎，土坎很高很陡，要把比自己肥大的赵构从那里搬下来，确实需要很大的力气，有一个帮手就好了。

也许姐夫能帮我的忙。张洪在路边拦了一辆的士，回到市中心工商银行的宿舍区。

他看见姐夫家的灯光是明亮的。他在路边给姐夫打了一个电话。姐夫说你给我滚远点儿，我从电话里已经闻到了你尸体的臭味。张洪说我可以付你工钱。姐夫说你就等着挨枪子吧，那种钱你是能要的吗？谁要你的臭钱？张洪放下电话，嘴里骂了一句臭美，跟我姐姐结婚的时候，为了争嫁妆把爸爸都气死了，现在竟然说臭钱。难道赵构的钱就不是钱吗？他是害怕了。张洪再也想不出一个能够帮他的人，他和这个城市好像一下就失去了联系。突然他想起了莫老师，也许莫老师能够帮我。

　　莫老师住在星湖路小学，还有两年他就要退休了。现在他一家五口，住在小学一楼的两室一厅里，从窗口看进去，可以看得见他的床铺。莫老师正坐床铺上批改作业。张洪敲了一下窗玻璃，莫老师摘掉老花眼镜，对着窗口说谁呀？张洪说我。莫老师推开窗门，说有事吗？张洪说能不能让我进去说？莫老师说这两年，你还在偷吗？张洪说偷。

莫老师说我说过，你不改掉这个毛病，我不会让你走进我家。窗门被莫老师拉回去，但是他拉得很慢。张洪把头插进两扇窗门的中间，说莫老师，你不是说做人要诚实吗？其实我完全可以骗你，说我已经不偷了。莫老师叹了一口气，说我教了一辈子书，从来没有碰上像你这样不争气的。你给我滚吧。张洪说只要你帮我，我可以付你工钱。莫老师从屋子里走出来，说你要我帮你干什么？张洪说帮我搬一样东西。

六

　　张洪带着莫老师，来到郊区黑黢黢的工地。莫老师走一步问一句，到底是搬什么东西？是不是偷来的东西？如果是偷来的，我可不帮你搬。张洪一声不吭，只是带着莫老师往工地上走。走到赵构的尸体前，张洪用手电筒照了一下，说就是搬他。莫老师说死人？张洪说死人。莫老师说我从来没搬过死人，你要把他搬到哪里去？张洪说河边。莫老师说张洪，你让我回去吧，我不干这个。张洪听到莫老师的声音有些颤抖，上下牙齿打起架来。张洪说你太穷了，我给五千。莫老师吓得不敢出声，不知道是五千把他吓住了，还是赵构的尸体把他吓住了。他开始往来的方向走。张洪对着他渐渐走过去的朦胧的背影说八千。莫老师还在往前走。张洪说一万，看在你是我老师的分上。莫老师停了下来，调转身子，走回到张洪的身边。张洪把一万块钱分成两扎，塞到莫老师的两边裤兜。莫老师感到裤兜一下就胀了起来。莫老师说那就尽快搬吧。

张洪在前，莫老师在后，他们抬着赵构的尸体往河边走去。走了大约一百米，张洪感到莫老师的步子慢了下来，喘气声越来越粗。莫老师说张洪，能不能慢点，我都快退休了，哪有你走得那么快了。张洪放慢速度说，赵构，我算是对得起了，我连老师都给请来了，这个规格够高了吧？你能不能不那么沉，让莫老师轻松一点？张洪以为一说到赵构，莫老师会有什么反应。但是莫老师一点儿反应也没有，他只记得我这个不争气的学生，已经记不得这个争气的名叫赵构的学生了。

他们来到河边的土坎，张洪先滑到土坎的半腰，在那里等莫老师把尸体慢慢地放下来。张洪接住尸体。莫老师往下滑，滑到能够接住尸体的地方停下来。他们一上一下，配合着把尸体搬到岸边的土坑里。张洪说莫老师，你的任务已经完成了。莫老师说那我先走啦。张洪说走吧。莫老师朝土坎边走去。他就这么走了，连问都不问一声，这是谁的尸体，为什么要把他埋在这里。张洪喊莫老师。莫老师说还有什么问题吗？张洪很想说我把赵构给杀了。但是话到嘴边，张洪又把它咽了回去。张洪说没事，你走吧。莫老师在土坎边爬了好久才爬上去。他好像是累坏了。

掩埋完赵构，张洪把铁锹丢进河里，然后坐到填平的土坑上抽烟。他摸了摸裤兜，那把刀还在。他掏出刀来玩弄着，说赵构，你说兵晓零会藏到什么地方？她为什么不辞而别？我该不该把她宰了？张洪没有听到赵构的回答，他早就不能回答了。

七

　　兵晓零有一个嗜好，那就是特别爱穿带格子的裙子。她的裙子大部分是在七星路买的。张洪在七星路转来转去，他坚信会在某个服装店里碰上兵晓零，除非她离开这个城市，除非她永远不买裙子。但是张洪转了两天，都没有看见兵晓零，倒是看见了许多漂亮的裙子。一看见那些裙子，张洪的手就发痒，不自觉地伸进上衣口袋，想把钱掏出来。当他的手摸着口袋里的钱稍微犹豫的时候，他就听到兵晓零的呻吟，一股潮湿的感觉滑过下身。可是现在她已经把我踹掉了，我为什么还帮她买裙子？

　　张洪虽然这么想，但是手却不听他的使

唤。一看见带格的裙子他就买，他的胸前已经堆满了装裙子的纸袋。三天过去了，裙子买了不少，却仍然没有兵晓零的影子。张洪突然想到河边去看一看，看看那边会不会出什么问题。

黄昏时分，张洪来到河边的土坎上。那个土坑已经被一对青年男女占领。他们在上面铺了一大堆彩色的报纸，尽管现在他们只是坐在那里紧紧地搂抱着，但是他们一定会躺下去。他们铺了那么宽的报纸，不可能不躺下去。张洪坐在土坎上偷偷地看着他们。太阳还是走得很慢，张洪比那一对搂抱着的人还着急。等了大约一个小时，他们再也不等了，男的把女的按到报纸上，两人都剥光衣服干了起来。他们在干的过程中，太阳落下去，女人的喊声从底下飘上来。张洪狠狠地吸了一口烟，离开河岸。

到了第二天中午，张洪开始想念那个地方。他想：那个男人和女人，会不会又到那个地方去干？张洪来到土坎边，站在那里往下看。这一看，他的眼睛傻了。他想不到昨天还被人用来做爱的地方，现在已经塌下去一半。没有一点儿迹象，河岸就塌方了，好像是那一对男女用力过猛搞塌似的。张洪想：它早不塌晚不塌，偏偏在这个时候塌，专门冲着我塌。他从土坎滑下去，看见赵构的半边尸体露在外面，半边尸体还埋在土里。露在外面的这一只手臂，微微往下垂，好像还在晃动。张洪把他的手臂弯上来放到他的肚脐上，但是只放了一会儿，手臂又垂了下去。张洪说赵构，你真是烦死我了。

张洪爬上河岸，到工地上转了一圈。他发现一个戳空了一头的铁皮油桶。他往桶里装了半袋水泥和一圈绳子，然后慢慢地把它往河边滚。滚到土坎边，他用绳子吊着那只油桶往下放，一直把它放到土坎下的平地上。但是他忘记拿铁锹了，又不想再回工地，于是抓住赵构露出来的手臂就往外拔。他把那只手臂拔断了，也没有把赵构拔出来。他开始用手指抠泥巴，抠了一会儿，他的指甲盖全都抠脱了，鲜血从十根指头浸出来。这时他才记起裤兜里有一把刀。他用刀挖了一阵，赵构的那一半边露了出来。他把赵构塞进油桶里，但是无论他怎么塞，赵构不是头塞不进去，就是脚塞不进去。张洪想总得把一头给割了。

张洪举刀想割露在油桶外面的赵构的头，但是他看见了赵构嘴角的那块伤疤。他的手软了一下，突然改变主意，把赵构从油桶里调过来。这样赵构的双脚就露在外面。张洪割掉他的双脚，把它塞到油桶里，用水泥封住桶口。

八

至少到明天这些水泥才会板结，张洪看了看河面想，恐怕还得找一个帮手。张洪突然想起小玉。

小玉是赵构的女朋友，张洪经常跟着他们打麻将下馆子，彼此混得很熟。第二天，张洪打通小玉的手机。小玉说我正在快活林茶庄跟他们打麻将，有事过来说。张洪赶到快活林找到小玉。小玉的脸色有些青，像是打了几天几夜的麻将。张洪说小玉，我们走吧。小玉说我都输了一万，怎么能走？张洪说我给你一万。小玉惊异地看着张洪。张洪从口袋里掏出一万递给小玉。小玉把麻将一推从凳子上站起来，身子晃了一下。

小玉一坐上的士，就说我困死了，你要带我到哪里去。张洪说给我打个帮手。的士走了一会儿，小玉就睡着了。到了工地，张洪摇醒小玉，把她从的士上叫下来。小玉看着水泥柱上那些铁锈斑斑的弯曲着的钢筋，说你不是要强奸我吧？张洪说怎么会呢？小玉说其实也无所谓，只要你再给我三万，你要知道我是很开放的。张洪没有出声，带着小玉往河边走。站在土坎上，小玉看见了那个油桶竖在河岸的平地上。小玉说你要我帮你干什么？张洪说要你协助我把那个油桶搬到河里去。

张洪扶着小玉下了土坎。张洪看见油桶里的水泥已经板结了。他们一起用力把油桶滚到河边。然后张洪用绳子在油桶上绑了几块大石头。张洪说现在我们把它推下去。张洪喊道：一、二、三。喊到"三"的时候，他们用力往河里一推，油桶扑通一声栽进河里。河面溅起一团水花，小玉发出一串笑声。

　　但是小玉没有问油桶里装的是什么。她连问都不问，就把它推到河里去了。小玉说走吧，我还要回去打麻将。张洪推着小玉的屁股，让她爬上土坎。张洪觉得小玉的屁股很滚圆很性感，小玉爬上去了，好像她的屁股还在手里。小玉站在土坎上回头看张洪往上爬。小玉说你真的不想强奸我？张洪说你去打麻将吧，我要去找兵晓零。

　　事实上，张洪根本不知道去哪里找兵晓零。他在七星路口租了一家门面，开了一个格子裙时装店，卖的全是带格子的裙子。他耐心地等待着，相信兵晓零总一天会从门口走进来，说老板我买一条裙子。

九

　　到了秋季，兵晓零还没有出现。一天，张洪坐在收银台看一张本地的报纸。报纸上登了一条消息，说那条河流在秋天里干枯了，水位低到了历年最低，一只油桶露出水面，有好奇者戳开油桶，发现里面有一具烂了的尸体。张洪想：它怎么就干枯了呢？它为什么偏偏在这个时候水位降低到历年来最低了呢？张洪像突然被谁抽掉了筋骨，把头扑到收银台上。他听到额头撞到收银台时咚地响了一下。紧接着有一个女人的声音，像打雷一样在张洪的头顶响起来，她说老板，给我拿一条裙子。张洪抬起头，终于看见兵晓零站在他的面前，她的身边跟着一个壮实的男子。张洪想：她终于来了。不知道出于什么原因，一看见兵晓零，张洪就把手伸进裤兜握住那把刀子。那个男人慢慢地撩开衣角，露出皮带上吊着的一副手铐。隔着收银台，张洪举刀朝那个男子刺去，那个男子身体一偏，迅速抓住张洪的手臂，把张洪的双手牢牢地铐住。张洪想：原来她跟了一位警察。

这样张洪就听到了一年后的一声枪响，子弹从他热乎乎的胸膛穿过。枪响之前，有人问他最后还有什么要求。他说把我带到河边去，让我看看那条河。我想知道那只油桶是怎样浮上来的，水位到底低到什么程度。